ツタンカーメンの心臓

福士俊哉

角川書店

ツタンカーメンの心臓

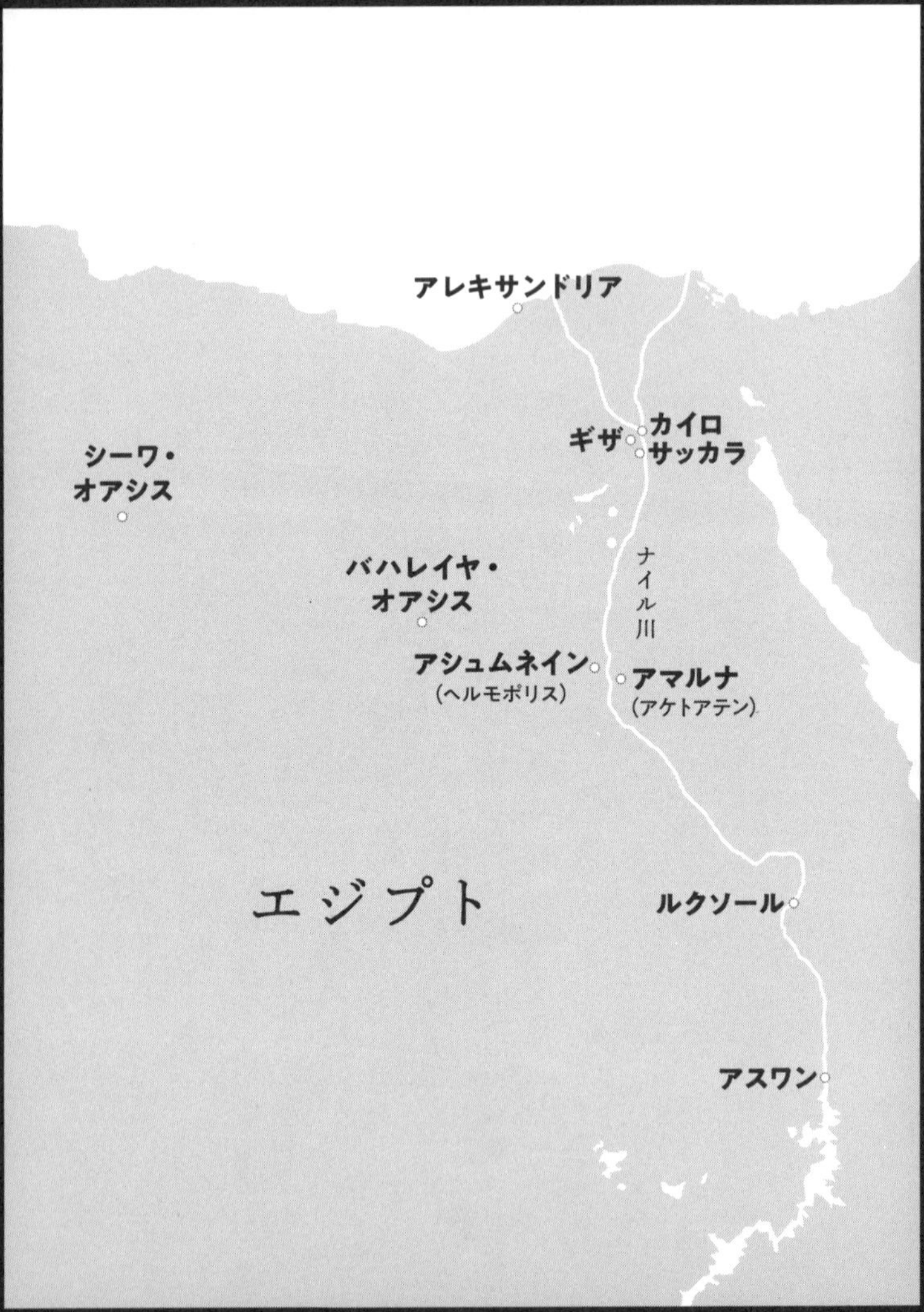
アレキサンドリア
カイロ
ギザ
サッカラ
シーワ・
オアシス
バハレイヤ・
オアシス
ナイル川
アシュムネイン
（ヘルモポリス）
アマルナ
（アケトアテン）
エジプト
ルクソール
アスワン

目次

全エジプトを統一する王、
神より命を与えられし
ツタンカーメン王よ
あなたの魂は、
百万年も生きて行くだろう――

ツタンカーメン王墓出土のカップに刻まれた記述より

序章

アメリカ人新聞記者

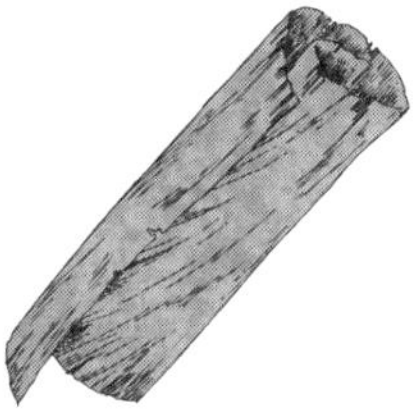

王家の谷に夜の帳《とばり》が下りると、谷に添って点々と松明《たいまつ》が灯《とも》された。エジプト人警備兵が野営の準備を始めたのだ。ツタンカーメン王墓が発見されて以来、平和だった王家の谷を何度もトレジャー・ハンターが襲うこととなり、エジプト考古省は銃を持った警備兵を常駐させることにしたのだ。

警備兵のひとりが、闇に沈む丘の上に小さな明かりを見つけた。歩み寄って松明を掲げると、ブロンドの男が丘の中腹に腰掛けて煙草を吸っていた。

「なんだ、ブン屋のアレックスか」

アレックスが煙草を勧める。警備兵は「アメリカ産かい」と、煙草を二本抜いて一本に火を付け、一本はポケットに入れた。

「トレジャー・ハンターとの大活劇を期待しているんだろうが、今夜も何も起きそうにもないぜ。その方がありがたいがな」

「気長に待つのも仕事のうちさ」

「好きにしな。神のご加護を」

警備兵は丘を下りていった。辺りはまた闇に包まれた。

アレックスの場所からは、ツタンカーメン王墓の入り口を見下ろすことができた。入り口近くの平場には作業用テントが建てられ、警備兵がうろついている。テントのなかには黄金の財宝はなくとも、いくつかのツタンカーメンの秘宝があるはずだ。

二年前のツタンカーメン王墓発見は、一大センセーションを巻き起こす大発見だった。ニューヨークで新聞社を渡り歩くゴシップ記者だったアレックスは、連日書き立てられる記事に度肝を抜かれていた。

『鉄の意志の考古学者ハワード・カーター、五年に及ぶ執念の発掘が奇跡を呼ぶ！』

『墓は未盗掘、古代の栄華が現代に甦《よみがえ》る！』

『発見された財宝のお値段に、自由の女神も驚き？』

報道はそれだけでは終わらなかった。墓のなかには二千点を超える財宝が眠っていたために、その整理に時間がかかり、墓の一番奥にある埋葬室に辿《たど》り着いたのは、発見から二年経った今年の二月だった。新聞一面には、今まで見たこともない黄金仮面の写真が掲載された。

『ツタンカーメン王の黄金仮面を大公開！』

『黄金の棺《ひつぎ》は三つ。三重に納められたツタンカーメン！』

『黄金仮面の素顔に迫る。その正体は不気味なミイラだった！』

ツタンカーメンの報道では、紙面に困ることはなかった。

もしもこのニュースを俺が書いていたら……。

ブロンクスの安アパートで燻《くすぶ》っていたアレックスは、一攫千金《いっかくせんきん》を狙ってエジプト行きを決意する。そして三ヶ月前、メトロポリタン美術館のコネを使い、エジプトにやって来ることに成功した。

アレキサンドリア港に上陸したアレックスは、列車を乗り継いでカイロからルクソールへとやって来た。しかし、アレックスを待っていたのは、厳しい報道規制だった。

ツタンカーメン王墓発見以来、世界中から報道関係者と観光客が押し寄せ、王家の谷は大混乱となっていた。カーターとエジプト考古局は、報道規制を敷くことにした。情報はロンドン・タイムズの独占とし、報道関係者はタイムズ紙と直接交渉するように、というものだった。他社は大ブーイングを繰り広げたが、エジプト考古局は頑《かたく》なだった。

アレックスは、王家の谷で途方に暮れてしまった。ここで拾うネタは、カイロの情報局で手に入れるネタと変わらないのだ。そうは言っても、ニューヨークから大西洋《たいせいよう》を渡って遥《はる》かエジプトまで来たんだ。そう簡単に引き下がるわけにはいかない。

ナイル川東岸の安宿に塒《ねぐら》を構え、カーターたちを張り込むことにした。あれだけの財宝が見つかったんだ。黄金のマスクの他に、何か掘り出し物があるのかも知れない。

アレックスが潜んでいる岩場は、昼間の暑さをまだ忘れていなかった。じっとしていると、汗が流れてくる。夜空を見上げた。ブロンクスではお目に掛かることができない、手が届きそうな満天の星が広がっていた。

ふと、ツタンカーメン王墓の入り口の警備兵が動いた。アレックスは目を凝らす。王墓から誰かが出てきた。トレードマークの英国帽に口髭《ひげ》、頑固そうな目、きゅっと結んだ口元……カーターだ。この暑いのに背広にコートを着込んでいる。こんな夜まで仕事か。ご苦労なこった……。

カーターの後ろから女性が現れた。あれは、カーターのスポンサーだったカーナヴォン卿《きょう》の娘だ。名前は確か、イヴリン。なんだい、墓のなかでデートか？ この財宝をぜんぶ君にプレゼントするよ、あら嬉《うれ》しいわ、結婚しましょう……そんな話でもしていたのか？

まてよ、カーナヴォン卿は昨年、病気で亡くなっている。今でも付き合いがあるのか？

カーターとイヴリンは、ツタンカーメン王墓から離れて行く。二人は手も繋《つな》がない。何か違和感がある。なんだ？

い、い、い、い、い、い、い、い。

カーターはコートを着ている。

この暑い七月の王家の谷で、いくらイギリス紳士でも背広にコートとは、どういうことだ？

アレックスは立ち上がると、丘の上を行き、カーターの後を追った。カーターとイヴリンは、王家の谷の入り口に待たせてあった車に乗り込んでゆく。

ドアを閉める前、カーターはコートのなかから何かを取り出し、車のシートの上に置いた。長い筒のような箱に見えた。そして、二人を乗せた車は、王家の谷を去って行った。

アレックスは首を傾げた。カーターは発見者だ。発見された遺物は、堂々と運び出せばいい。隠さなければならない遺物があるのか？ まさか、黄金の遺物を盗み出したのか？

丘を下りたアレックスは、王家の谷の道を行った。やがて、クルナ村の明かりが見えてきた。クルナ村の向かい側に、カーター・ハウスがあった。カーターが発掘のために建てたエジプト風の宿舎だ。ハウスには明かりが灯っていて、表には常駐の警備兵がいた。車はない。イヴリン嬢はハウスのなかにいるのだろうか？　アレックスは暫《しば》し考え、踵《きびす》を返すとクルナ村へ入っていった。

クルナ村は、点在する古代の貴族の墓の上に作られた村だ。一昔前には、貴族の墓から持ち出した財宝を売っていたというが、今では観光用の土産品を売っている。

アレックスは民芸品の店を訪ね、いくつかの品を見た。どれも古代の彫像を真似た物だった。一通り眺めて、スカラベの護符をモチーフにした土産品を買った。スカラベは、古代に再生の神として信仰されていた。

クルナ村を出るとカーター・ハウスの前まで行き、警備兵に挨拶《あいさつ》をした。入り口のドアには明かりがついている。アレックスはドアをノックした。

「こんばんは、先生。記者のアレックスです」

少しも待たないうちに、ドアが開いてカーターが顔を出した。無骨で、神経質そうな顔だ。

「君もしつこいな。新しい発見は、まだ発表の段階ではないよ。悪いが、ロンドン・タイムズを通してくれないか」

「いえ、今日訪ねたのは、ちょっとトラブルがありましてね」

「トラブル？」

「実は、ニューヨークから来た友人が困っていましてね。市場である遺物を二十ドルで買ったと言うんですが、どうやら偽物らしくてね。先生に見ていただけないかと、そう思った次第でしてね」

カーターは思案しているようだったが、アレックスを招き入れた。アレックスは、気が変わらないうちにと思い、すかさずなかに入っていった。

ハウスのなかは古い彫像や出土品で溢《あふ》れ、倉庫のようだった。イヴリンがどこかに隠れているかとも思ったが、この男との情事なんてゴシップ記者の妄想にちがいないと思った。

「まあ、見てみようか」

「これでしてね」

アレックスは、カーターにスカラベを渡した。カーターが見ている間、王家の谷で目撃した長い筒を目で捜した。

それはすぐに見つけることができた。作業台の上だ。箱は開けられていて、丸まった古代の紙が側にあった。そうか、中身はパピルスだったのか。

「こんなものに二十ドルとは、君の友人は騙《だま》されたものだね」

「やっぱりそうですか。可哀想に。まあ、人のいい奴なんですよ」

「いつも損をするのは、いい人間さ」

アレックスは、カーターが差しだしたスカラベを受け取り、窓辺に行って外を眺めた。窓外にはクルナ村の明かりが点々と見えていた。カーターに悟られないように、そっと窓の掛け金を外した。

「もういいかね？　私は仕事が残っていてね」

アレックスが振り向いた。

「先生、実は前々から気になっていたことがありましてね」

「何かな？」

「発見された遺物の管理番号は、発見した学者先生がお書きになるんですよね」

「通例としてはそうだ」

「もしも番号を書かなかったら、その遺物は存在しないことになりませんか？　特にツタンカーメン王墓の秘宝と来たら、一千、二千点ですか？　それを全部管理されているんですか？」

ふふっと、鼻を鳴らしてカーターは笑った。アレックスは、カーターの笑い顔を初めて見た。

「もちろん、すべて管理し、把握している。君が言いたいことは分かる。いくつかくすねても分からないだろう、ということなんだろうが、今は二十世紀の世の中だ。エジプト考古局も目を光らせている。昔のようなわけにはいかんよ」

アレックスは、すっと作業台の前に行った。

「このパピルスは、どういったものです？」

「君、触ってはいかん」

カーターは大声を上げた。先ほどの笑顔も一瞬にして消えていた。

「もちろんですよ。ちょっときれいだなって、思っただけですよ、先生」

アレックスは、ホールドアップをするように両手を上げた。カーターは作業台の前に行き、パピルスを箱に仕舞い込んだ。

「このパピルスは呪われている……」

呻《うめ》くように言った。

「呪いですって？　古代の呪い話をでっち上げたのは、俺たち新聞屋なんですぜ」

呪いの報道。それは、昨年のカーナヴォン卿の不慮の死によって始まった。

エジプトの南部の地、アスワンへ旅行に出掛けたカーナヴォン卿は顔を蚊に刺され、その部分を髭剃《そ》りのカミソリで傷つけてしまった。長いエジプト暮らしで体力が落ちていたのか、その傷は化膿《かのう》し、カイロに戻った時には高熱を発し、やがて肺炎を誘発して亡くなったのである。

タイムズ社の独占に業を煮やしていたライバルの新聞社は、ここぞとばかりに呪いの話を書き立てた。カーナヴォン卿は、ツタンカーメンの黄金のマスクを拝む前に亡くなっているのだ。

「書かれている内容が問題なんだ。ここには古代の恐ろしい秘密が書かれている。もしそれが……」

カーターは、言葉を切った。

「恐ろしい秘密？　ツタンカーメンの秘密ですか？」

カーターは射貫《いぬ》くような眼差《まなざ》しでアレックスを見つめていたが、身体の力を抜いた。

「ふん、ハイエナのようなブン屋に話しても仕方がない。さあ、もう帰りなさい」

「なんですか？　教えてくださいよ。先生」

アレックスは食い下がったが、ドアの外へと追いやられた。

カーターの様子は、どうも怪しい。あのパピルスは、やはりツタンカーメン王墓から持ち出された遺物に違いない。となると……。

——こいつは高く売れる。

アレックスは、東岸に向かった。ナイル川を渡るには、渡し船に乗るしかない。ロバや牛を乗せた渡し船に乗り込み、ナイルを渡って行く。ナイルには豪華なクルーズ船が浮かんでいて、笑い声が聞こえた。パーティが行われているのだ。

東岸に到着して渡し船を飛び降りると、ウィンター・パレス・ホテルに向かった。ルクソールを象徴するイギリス風の豪華ホテルだ。

ホテルの前を通り過ぎると、裏の路地に入っていった。とあるビルの半地下に降りて行くと、ドアを開けた。

狭いカウンターと小さなボックス席には、煙草を燻《くゆ》らせながら酒を飲む西欧人の姿があった。ここは看板のないバーだ。

ルクソールに来てから安宿で焦る毎日だった。酒でも引っかけようにも、ここはイスラムの国だ。高級ホテルのバーに行くしかない。持ち金が乏しく、ウィンター・パレス・ホテル近くをうろうろしているうちに、この外国人用のモグリのバーを見つけたのだ。

アレックスは、カウンターにひとりで座っている開襟シャツの男の隣に座った。

「やあ、何か面白いネタでも拾ったかい？」

男は澄んだ青い目だった。名はラファエル。フランス人で、エジプト産の香辛料をパリの高級料理店へ輸出しているという。

アレックスは、ラファエルにパピルスの話をした。

「へえ、もしも手に入るなら、かなり高く売れるんだろうね。なにせ、黄金のツタンカーメン王のパピルスだ。世界中の美術館が欲しがるだろうなあ……そうそう、美術品の買い付けに詳しい男がいたなあ。明日の夜明けにルクソール駅の裏に来られるかい?」

そう言ってラファエルは微笑んだ。

ニューヨークを発《た》った時、妻のメリッサは妊娠していた。一ヶ月前に宿に届いた手紙には、元気な男の子が生まれたと書かれていた。名前はジョージ。ヤンキースの大ファンのメリッサの親父さんが、打撃王ジョージ・ハーマン・ルースから命名したらしい。〝ベーブ〟と呼んでいると、字が躍っていた。手紙には、ジョージを抱いたメリッサの写真も添えられていた。愛《いと》しいメリッサ。待っていてくれよ。

バーを出たアレックスは、宿に寄って空のトランクをピックアップすると、再び西岸に向かった。ナイル川を渡り、岸で小舟を操っている漁師を捕まえてチップを払い、一晩小舟を停めておくように頼んだ。そして、カーター・ハウス近くの砂漠で夜明けを待った。

やがて東の砂漠が赤く染まってくると、ハウスの警備兵が持ち場を離れた。祈りの時間なのだ。

今だ……。アレックスは正面からカーター・ハウスの敷地内に入り、掛け金を外しておいた窓を静かに押し上げた。ハウスのなかは真っ暗で、カーターの気配はなかった。

トランクを置いて、ハウス内に身体を忍び込ませた。カーターは、作業台の奥にある部屋のベッドで眠っているのが見えた。

そっと作業台に近づく。パピルスの箱は目の前だ。緊張で大汗をかいている。じんと痺《しび》れる感覚があった。カーターの寝息が聞こえた。それがほんの少し安心感を与えた。

箱を手にして脇に抱え込み、窓へと向かう。そして、窓を乗り越えて外に出た。パピルスの箱をトランクに入れる。表にまだ警備兵がいないことを確認すると、一気に走った。

「カーターが王墓から盗んだものをいただいても、罪に問われやしないさ！」

夜が明けてきた。アレックスは行く。クルナ村を越え、停めてあった小舟でナイル川を渡る。豪華船のパーティは終わり、静けさが辺りを包み込んでいた。

東岸に渡り、ルクソール駅に向かって小走りに行く。ラファエルは、買い付け屋を連れて駅の裏で待っていると言っていた。市場を行く。まだ街は眠っている。

「おい、ミスター、ちょっと待ちな！」

ふいにエジプト人が声を掛けてきた。

心臓が跳ね上がった。エジプト人は、駆け寄ってきて腕を引っ張ろうとする。アレックスは焦った。もう追っ手が回ったのか。早い。手を振り払って走り出したが、エジプト人は追いかけてくる。

アレックスは駅に向かって走った。駅の留置場に並ぶ貨物列車が見えてきた。場内に走り込み、線路を越えて行く。何台かの列車の間を抜けて、駅の向こう側へ渡ろうとする。

その時、激しい警笛を鳴らして一番列車が近づいて来た。突然の出来事で、アレックスは立ち尽くしてしまった。迫り来る列車のライトに、ツタンカーメンの目を見たような気がした。

「メリッサ……」

アレックスは、あっという間に列車に巻き込まれてしまった。

「なんてこった、ミスター！」

アレックスの後を追ってきたエジプト人は、目の前の惨劇に頭を抱えた。

その手には、一枚の写真があった。アレックスはメリッサの写真を落とし、それをエジプト人が拾ってくれたのだった。メリッサは、生まれたばかりの〝ベーブ〟を抱いて微笑んでいた。

ルクソールの鉄道沿いは、大騒ぎとなった。

アレックスのトランクは、事故の衝撃ではじき飛ばされて、線路沿いの椰子《やし》の根元にあった。

そのトランクを拾う手があった。ラファエルだった。

路地裏に入って行き、トランクからパピルスの箱を取り出した。箱の蓋《ふた》を開けてパピルスを確認する。箱には〝Howard Carter（ハワード・カーター）〟と、サインがあった。

「ツタンカーメンのパピルスか……今日はついてるな……」

ラファエルは満足そうに微笑むと、夜明けの街に消えていった。

第一章

聖都アケトアテン

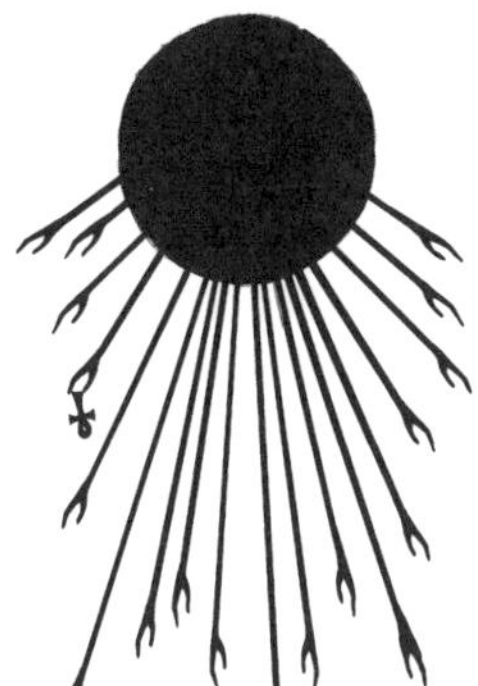

1

ぼくは、空を飛んでいる。
太陽が眩《まぶ》しい。太陽神ラーの光だ。
羽ばたいて、ぐんぐん飛んで行く。砂漠にギザの三大ピラミッドが見えた。
ピラミッドには美しく模様が描かれている。
これは、古代の風景なんだ。
ナイルに沿って飛んで行く。ナイルにぼくの姿が映る。

翼を広げる隼《はやぶさ》の頭の巨人――

ぼくは、ホルス神だ。

ざっと羽ばたくと、ナイルが波打った。ぼくは上昇した。天空へ。太陽が近づいてくる。そして下降して行くと、ナイル沿いに街が見えてきた。

神殿、王宮、道を人々が行き交っている。古代アケトアテンの街だ……。

目が覚めると、騒音が耳に飛び込んできた。成田《なりた》発、ドバイ経由エジプト行きの飛行機のなかだ。エコノミーの狭いシートの背にはめ込んであるモニターには、ヒマラヤ上空を時速八百キロで飛んでいる表示があった。

ペットボトルの水を飲んで息をついた。しばらくぼんやりしていたが、ライトを点《つ》けて足もとのリュックからファイルを取り出した。ファイルには、タイトルが記されている。

〝Excavation of Tutankhamun in Amarna.〟

「アマルナにおける、ツタンカーメン発掘調査……」

ファイルを捲《めく》ってゆくと、発掘調査の概要が記された英語の文章と地図があり、ツタンカーメン王墓の発見者ハワード・カーターの写真が載っていた。そして、黄金のツタンカーメンのマスクが現れた。

小栗陽《おぐりあきら》は、聖東《せいとう》大学の古代エジプト調査室嘱託の研究員だ。これからエジプトのテル・エル・アマルナで行われるツタンカーメンの発掘調査に参加する。

ツタンカーメンはピラミッド建造から一千年も経た新王国時代、第十八王朝に即位した少年王だ。一九二二年にエジプト中部にあるルクソールの王家の谷で王墓は発見され、墓には黄金のマスク、黄金の棺《ひつぎ》など、二千点以上の副葬品が納められていた。盗掘を逃れたほぼ手つかずの状態での発見は、奇跡の発見と言われた。

ツタンカーメンのプロフィールは、未《いま》だ仮説の域を脱していない。どのように生まれ、生き、死んだのか。父は、母は誰なのか？　黄金の少年王をとりまく様々な仮説が生まれ、果ては〝暗殺説〟まで唱えられることになる。王墓発見から百年近くを経ても、ツタンカーメンの真実に辿《たど》り着く発見に成功した考古学者はいない。

今回の発掘現場となるアマルナはカイロの南三百キロにあり、ツタンカーメンの父アクエンアテン王がアケトアテンという都を造った場所だ。ツタンカーメンに関連した発見も期待できる発掘調査という事になる。

「軽食、いかがですか？」

トレイにサンドイッチとおにぎり、ドリンクを載せた客室乗務員が声を掛けてきた。

おにぎりを手にして齧《かじ》り付いた。口いっぱいに頬張る姿に、客室乗務員は少し驚くような笑顔を見せて去っていった。おにぎりを水で流し込んで、また息をついた。小栗は今年で二十八歳になるが、童顔で現役の学生に間違われることもある。

ツタンカーメン研究をテーマにしていた小栗にとってこの発掘調査に参加できることは、夢のような話だった。

東京にある聖東大学で古代エジプト学を専攻した小栗は、修士に進んでカイロ大学へ留学し、そこでフィールドワークを体験する機会を得た。カイロ大が行っている現場で、場所はツタンカーメンが生きた新王国時代の都、ルクソールだった。太陽が照りつける炎天下で埃《ほこり》にまみれる発掘作業には苦労をしたが、何千年も昔の遺物が出土すると、なんとも言えない充実感があった。

ツタンカーメンを修士論文のテーマに選び、縁のある遺跡を訪ね歩いてアマルナを訪れた時には、神殿近くの砂漠でエジプト考古省が行っている発掘調査に遭遇した。現場には有刺鉄線が張られ、作業員が砂を掘っているのが見えた。好奇心から現場近くをうろうろしていると、考古学者らしき人物が手招きをした。銀髪でがっしりとした体格のエジプト人だった。

「君は学生かな？　入っておいで。面白いものを見せてあげよう」

恐る恐る現場に入ってゆくと、出土した土器片や彫像の一部、石灰岩の破片がブルーシートの上に並んでいた。その考古学者が手に取って見せてくれた石灰岩には、カルトゥーシュが刻まれていた。王名を示す象形文字を楕円で囲んだものだ。それは太陽、スカラベ、三本の線、半円というものだった。

「ネヴケペルウラー……ツタンカーメンですか……！」

「そう、ツタンカーメンのカルトゥーシュだ。このアケトアテンとツタンカーメンを結びつける証拠の一つだ。小さな発見が積み重なって、大発見に繋がる。いつか君もツタンカーメンの謎を解くような考古学者になるといいね」

後になってその考古学者が、エジプト考古省最高顧問のエルシャリフ博士だったことを知り、驚くこととなった。世界の古代エジプト考古学会の頂点に立つ人物だったのだ。

帰国後、修士論文も通って小栗は古代エジプト研究室に入ることができたが、小栗を待っていたのは厳しい現実だった。

研究室では授業の準備、先輩講師の調べ物から部屋の掃除まで雑務に追われた。英語に翻訳された文献は主に英語だが、フランス語やドイツ語の文献に出くわすことがある。英語に翻訳されていないものは小栗には時間がかかり、他の研究員との差が出た。アメリカやヨーロッパの一流大学への留学経験がある先輩の話を聞くと、気後れすることもあった。

「小栗、ずいぶん苦労しているみたいだが、古代エジプトの研究なんて道楽みたいなもんだ。どこにも就職先なんかない。それでも平気でやっていけるような人間がやるもんだぞ」

ある先輩講師は、そんなことを小栗に言った。

教授の学会発表が近づくと、準備に追われて自分の論文が疎《おろそ》かになり、小栗は焦った。おまけに地方の大学から帰ってきた先輩講師のいびりに出くわし、疲弊してしまった。自分は研究職に向いていないんじゃないか、そんなことを考えるようになった。

ある日、事件が起きた。

桜が満開になった春の日だった。小栗はいつものように、研究室で教授の学会発表の準備を進めていた。

大きな物音で振り向くと、犬のマスクを被《かぶ》った男が鉄パイプを振り回して暴れ回っていた。何が起きたのか分からなくて、何人かの講師が鉄パイプで殴られてゆくのを呆然《ぼうぜん》と見ていた。男がこちらにやって来るのが分かって、逃げようと背を向けた途端に後頭部に衝撃を受け、目の前が真っ白になった。気がつくと、病院のベッドの上だった。

凶行に及んだ男は、次期准教授候補とも言われていた優秀な講師だった。女子学生とのスキャンダルが原因で研究室を追われ、教授を逆恨みして殺害するという凶行に及び、屋上から投身自殺を図ったのだった。

その講師には、何度か論文で世話になったことがあった。先輩風を吹かせることもない、面倒見のいい人柄という印象だった。

なぜ、そんなことを……自分が計り知ることができない、苦労や苦しみがあったのだろうか……。

病院のベッドでつらつらと考えているうちに、研究に対する情熱が失せて行くのを感じた。まるで潮が引いてゆくようだった。

研究室は一時閉鎖となり、教授を失った門下生は、各地の大学に散った。秋には新しく教授が招かれて研究室は再開されたが、小栗は研究室を去ることにした。

小栗の実家は、千葉県の柏市《かしわし》にあった。

実家に戻った小栗はしばらく何もせずに過ごしていたが、教員免許を取得していたのもあって、母校の高校教師の職に就くことになった。高校時代の担任の勧めがあったのである。

小栗は、一年生の世界史の授業を担当することになった。

初めのうちはマニュアル通り授業を進めるのが精一杯で、生徒に質問をされると舞い上がることもあったが、慣れてくると歴史の見方をもう一度確かめることにもなった。

時間は積み重なって行くもので、流れて行くものではない——

今更ながら勉強になった気がして、やっとエジプトが懐かしく思えるようになった。

そんな時、聖東大学の研究室から連絡があった。事件から二年の月日が経とうとしていた頃だった。

「エジプトでツタンカーメンの発掘調査が始まるんだ。小栗、参加してみないか？」

ドキリとした。心臓が高鳴った。ツタンカーメンの発掘調査だって？

連絡をしてきたのは研究室に長く勤めていて、総務的な役割を担っている講師の増田《ますだ》哲也《てつや》だった。小栗が在籍していた頃、何かと面倒を見てくれた気のいい先輩だった。

小栗は聖東大学の研究室を訪ね、詳細を聞くことにした。

久しぶりに再会した増田は、二年前の事件に巻き込まれた時に負った頬の傷跡が少し残っていたが、前よりも朗らかな笑顔になっているような気がした。

ツタンカーメンの発掘調査は、エジプト考古省と京都の京南《きようなん》大学が合同で調査を行っていた現場だったが、京南大学の発掘権が切れ、聖東大学に話が持ち込まれたという。エジプト考古省最高顧問のエルシャリフ博士の監督下で進められるという話だった。

「発掘は、アマルナのどこで行われるんですか？　かなり広いですよね」

増田は、テーブルにアマルナの地図を広げた。考古用の地図で、測量された神殿や王宮の位置が配置されていた。

「お前なら、どこを発掘する？」

「もちろんアテン神殿とか、王宮の近くも重要だと思いますが……」

増田は、神殿の場所を指差した。

「あ、神殿ですか」

指は、東側へ移動して行く。目で追うと、砂漠に丘があった。

「東の丘？　アマルナの中心からかなり離れてますよね。確か、何もない砂漠の岩山だったはずですけど……」

増田がデスクからファイルを取り出す。

「これを見てみろ」

ファイルを見ると、黄、赤、緑がグラデーションになっているサーモ画像のような映像のプリントがあった。濃い赤色は四角く映し出されていて、それが空間だということは、小栗にも分かった。

「これは……」

「空間だ。去年、京南大学が東の丘の電磁波探査を行って発見したんだ。大きさは十メートル以上。王墓にしては小さいが、墓の可能性は高いんじゃないか？」

電磁波、重力、音波探査など、エジプトの考古学調査に導入できる探査方法がある。なかでも電磁波探査は、探査できる深さは浅いが、空間を明確に確認できる探査方法だ。

「もしこれが未盗掘墓だったら……！」

「エジプト考古学史上、未盗掘の墓はツタンカーメン王墓以外見つかっていない。それに岩盤の間に作られた自然の空間という可能性もある。そう簡単にはいかないだろう」

もちろん、ツタンカーメン王墓のような黄金が納められた墓の発見など、夢のまた夢の話だ。だが、小栗の胸は期待で膨らむばかりだった。

……どうしよう。高校を辞めてエジプトへ行き、発掘調査へ参加するか。しかし、その後はどうなる？　安い給料で研究室に残るのか？　また仕送りに頼ることになる。父親はもうすぐ退職だ。これ以上迷惑もかけられない。それよりも研究者としてやっていける自信があるのか……？

「興味あるだろ」

「もちろん、あります。でも、その……」

「そうだよな、今は母校に帰って教師として堅実に生きているんだよな。腰が引ける気持ちも分かる。やりがいもあるとは思うんだが……」

小栗が黙っていると、増田は続けた。

「今の研究室には、エジプトの現地ノウハウに詳しい研究員がいないんだよ。お前はカイロ大学に留学もしているし、論文も現地リポートが添えられたきちんとしたやつだったから戦力になると思ってな」

増田は親しげに言って、小栗の肩に手を置いた。

「小栗、研究職に復帰するチャンスだぞ」

その言葉は、小栗の胸に刺さった。

飛行機が着陸態勢に入ってカイロ空港が近づいて来た時、窓外にナイル川が見えた。

そうだ。エジプトには、古くからの言い伝えがある。

ナイルの水を飲んだ者は、必ずナイルに戻って行く――

2

カイロ空港の到着ロビーに下りて行くと、日に焼けた日本人女性が出迎えてくれた。先輩講師の日下《くさか》美羽《みう》だった。

「復帰したのね、小栗くん。よかった」

「お久しぶりです」

空港の駐車場に出ると、暑い空気が身体を包んだ。

バンに乗り込み、ここから陸路移動でテル・エル・アマルナへ向かう。砂漠道路を行けば、五時間後には到着する。

今回の発掘調査の窓口になったのが、美羽だった。美羽はカイロ大学へ籍を置いてピラミッド研究を続けているという。三十路を過ぎてカイロに住み、研究を続けるなんて筋金入りだ。

小栗は研究員になったばかりの頃に、カイロ大学で行われた学会に美羽の助手として参加したことがあった。

論文の内容は、三大ピラミッドが造られたギザの地下で発見されているオシリス・シャフトについての考察だった。

ギザ台地は全体が王の眠る永遠のネクロポリスであることから、オシリス・シャフトと呼ばれる深さ三十メートルの縦穴は、オシリス——冥界の神の神殿として造られたと考えられるという内容だ。遺跡の解説は細やかなもので、実際にシャフトに何度も足を運んで撮影した写真や動画が添えられ、ギザ台地が神聖な場所として語られていた。小栗は、その労力に感心した。

気がつくと、美羽の視線を感じた。

「え、何ですか？」

「真っ白ね。歌舞伎役者みたい」と、美羽は笑った。

バンの窓外を、カイロの風景が流れて行く。市場、モスク、砂嵐で薄茶けた街並み……。

男たちはポンチョのような民族衣装のガラベイヤ姿で、女たちはヒジャーブで髪を隠している。モスクからアザーンが流れると、道路に敷いた茣蓙《ござ》の上で祈りを捧《ささ》げる人がいる。

懐かしい風景だ。

やがて街は高層ビルが並ぶ大都会の様相となり、ナイル川が見えてきた。

車はナイル沿いに南下して行き、砂漠道路に入った。風景は一面砂漠となり、空が抜けるように青く見えた。

砂漠のハイウェイをひたすら走り、テル・エル・アマルナに到着したのは、昼過ぎだった。

砂漠道路から直接アマルナへ入ったために、砂漠のなかに古代遺跡がふっと現れたような気がした。

小栗と美羽は、バンを降りて砂漠を歩いた。土漠が広がり、砂が舞った。

小栗は、薄茶色の岩山を仰いだ。

「ここが三千三百年前に、理想郷アケトアテンが造られた場所……荒涼としていて、理想郷が造られたとは思えませんね」

「アクセスも悪いから観光客はあまり来ないし、アマルナ時代を研究している人が訪れるくらいね」

ピラミッド時代が過ぎ去って一千年後、エジプトはかつての繁栄を取り戻していた。歴代のファラオは領土を拡張し、交易も盛んに行われてナイル川には近隣諸国からの船が行き交っていた。

この繁栄はアメン神がもたらしたものとして、都だったルクソールにはアメン神を信仰する神殿が次々と建造され、アメン神官団が王家を脅かすほどの権力を持つようになっていった。アメンという神はエジプトに古くから根付いている神で、男性の姿で魔法の椅子に座り、時には羊の頭のスフィンクス、また男根を勃起《ぼつき》させたミン神の姿を取る。

ツタンカーメンの父王アメンヘテプ四世は、権力を持ったアメン神官団に対抗し、唯一絶対の神を国家神として宗教改革を起こした。その神が、アテンだ。アテン神は人の形を取らずに太陽そのものをモチーフとして、日輪から太陽光線を表す無数の手が伸びた姿で、手の先には生命の象徴アンクを持つ。

アメンヘテプ四世は、自らをアテン神に仕える者、という意味のアクエンアテンという名に変え、アメン神が支配するルクソールの都を破棄し、遠く離れた場所に都を移して理想郷とした。それがアケトアテンだ。

だが、アクエンアテンの時代は、政治の混乱や財政の逼迫《ひっぱく》を招いてしまい崩壊してしまう。アクエンアテンの息子であるツタンカーメンは、アメン神信仰を復活させ、都もルクソールへと戻して混乱した国を平定したと考えられている。

現在のアケトアテン遺跡は、古代の栄華を偲《しの》ぶのは難しい砂漠の廃墟《はいきよ》だ。王宮跡は礎石だけで、巨大な神殿を支えていたパピルス柱は砂漠に置き忘れられたようにぽつりと佇《たたず》んでいる。パピルス柱とは、古代の紙の原料となった植物パピルスの茎をモチーフにした柱だ。

砂漠の丘を登ってゆくと、ヤッラー、ヤッラーというかけ声が聞こえてきた。丘を登り切ると、親方を中心に二十人ほどのエジプト人作業員が砂を掘っていて、砂煙が舞い上がっていた。発掘が行われているのだ。

現場は建設現場のように糸でグリッドが切られ、エリア毎に発掘が進められていた。砂を除去して岩盤を露出させ、空間への入り口を探す作業だ。

「エルシャリフ博士」

美羽が声を掛けると、銀髪のエジプト人が振り向いた。エジプト考古省最高顧問、エルシャリフ博士だ。カジュアルにジーンズを着こなしているラフな格好だった。

「やあ、ミス・クサカ。よく来たね」

エルシャリフは美羽と握手を交わすと、左手を添えた。

美羽が小栗を紹介し、小栗も緊張しながら握手を交わした。

「博士とは、学生の頃にお会いしたことがあるんです」

修士の頃、アマルナで出会ったエピソードを話すと、エルシャリフは優しく笑った。

「君のエジプト考古学の道に、わたしは一役買っていたのかな?」

発掘作業員の間を、日本人女性がやって来るのが見えた。

「この調査のリーダー、桐生《きりゅう》准教授よ」

「小栗くんね。よろしく」

美羽が紹介すると、桐生蘭子《らんこ》は微笑んで手を差し伸べたので、小栗は握手で応《こた》えた。四十代前半だろうか。背が高い人だな、と思った。切れ長の目が印象的な顔立ちだった。

「小栗くんはツタンカーメンが専門なのね。論文を読ませてもらった。なかなか面白かったわ」

「専門だなんて」

おこがましいですと、小栗は恐縮した。

「この現場は、もともとわたしがいた京南大学が進めていたの。ツタンカーメンの時代を解明する手がかりとして、神殿や王宮があるエリア、そしてこの東の丘で電磁波探査を行ったのよ」

「空間の反応まであったのに、どうして発掘は行われなかったのですか？」

蘭子は、溜息《ためいき》をついた。

「簡単なこと。予算を使い切ってしまって、一旦《いったん》打ち切りになったのよ。いくつかの企業の協力を取り付けたんだけど、その頃、研究室内で派閥争いがあって、調査は進められそうになかった。それでエルシャリフ博士に相談したところ、聖東大学の研究室を推薦してくれたってわけ。聖東大学の古代エジプト研究室は、何か新しい調査を行わなければ潰《つぶ》れてしまいそうだって」

「潰れて……」

小栗は苦笑してしまった。まさにその通りだからだ。

「わたしとしては、アマルナ調査の続きができればそれでいい。それで研究ごと聖東大学へ移籍することにしたのよ」

現場主任のサイード・イブラヒムがやって来た。蘭子とサイードが現場の取りまとめ役、エルシャリフが総合的な監督ということになる。美羽と小栗は、主に記録を行う。発掘後の現場の状態、出土物などを記録するのだ。

現場の脇にはブルーシートが敷かれていて、出土した遺物が並べられていた。出土品はほとんどが土器片だったが、二十センチほどの石灰岩の欠片《かけら》があった。

小栗が手に取って見ると、アンクを持つアテン神の一部が確認できた。

「今、出土したばかりのアテン神のレリーフですよね……すごいな……」

ここでは、まさに三千三百年前の古代へと手を伸ばしているのだ。


暑い砂漠の国での発掘作業は早朝から始まり、午後二時頃には終了する。現場近くには、ホテルなどの宿泊施設はない。サイードの紹介で、近くの村の民家を宿舎がわりに使わせて貰《もら》うことになった。持ち主は村の地主で、家政婦も手配してくれたので食事や洗濯の心配もいらなかった。

食事はエジプト料理だが、米を食べる習慣があるエジプト料理は日本人の口にも合うものだ。焼いた肉という意味の肉料理ケバブが有名だが、家庭料理ではチキンと野菜のトマト煮やマカロニのホワイトソースなど、口当たりが優しいものが多い。

その日、宿舎に戻った日本人三人は、エルシャリフと共に遅い昼食を取った。メニューはターメイヤ・サンドイッチ。ソラマメのコロッケをエジプトパンに挟んでサンドイッチにしたものだ。

　エルシャリフは上機嫌だった。先日はハリウッドの有名なプロデューサーから連絡があったという。

「彼らはいつも同じことを言う。ツタンカーメンのような黄金の発見、ピラミッドの謎の解明、なんでもいいからこっそり教えてくれないか、とね。こっちが教えて貰いたいくらいだよ」

　そして、冗談交じりにカイロのオフィスがいかに忙しいのか話した。

「私は思う。アマルナにはツタンカーメンに関連した何かが眠っている。ミスター・オグリ。君はどう考えるかな？」

「イエッサー……」

　小栗が背筋を伸ばす。

「君は日本でもそんなに畏《かしこ》まっているのかな？　意見を言ってみなさい」

　小栗は言い淀《よど》んだ。大学の研究室には、気難しい人間が多い。油断して意見を言うと、生意気だと癇癪《かんしゃく》を起こす教授や講師がざらにいたのだ。

「大丈夫よ。ここは日本の研究室じゃなくて、エジプトなんだから」

　察した美羽が言った。

「あの、ネフェルティティ王妃の墓が見つかれば、最もセンセーショナルな発見になると思います」

　エジプト人スタッフが口笛を吹き、失笑する。だが、エルシャリフは片眉《まゆ》を上げて興味がある顔をした。

「なぜネフェルティティがセンセーショナルと思うのかな？」

「ネフェルティティは、ツタンカーメンの義理の母親です。アクエンアテン王の共同統治者として、かなりの権力を持っていたと考えられます。ネフェルティティが歴史の表舞台から消えた後も、その影がちらつく特異な存在。もしかしたらツタンカーメンの即位にも関わっていたのかもしれません。もしもネフェルティティの墓が発見されてその頃の謎が解ければ、ツタンカーメンがどのような王だったのか、その背景も解明されると思います」

アクエンアテン王の王妃、ネフェルティティ。

王との共同統治という立場を持ち、鞭《むち》を振り上げる典型的な王のスタイルで描かれるという王妃としてはあり得ないレリーフも存在するネフェルティティは、絶大な権力を持っていたと考えられている。一九一二年にアマルナで発見された胸像は、ゾッとするような美しさを現代に伝えている。

ある日忽然《こつぜん》と歴史から姿を消し、墓もミイラも発見されていないネフェルティティは、ツタンカーメンの時代を研究するものにとって伝説のような存在だ。

「それで、今回の空間はネフェルティティの墓だと考えるの？」

蘭子の声は冷静だ。

「いえ、そこまでは……」

「期待しようじゃないか。真実を探求するためには、大胆な仮説も必要だ。わたしは新発見のためには、時に手荒いことも必要だと考えている。ハワード・カーターは、ラムセス六世時代の遺構を撤去してツタンカーメン王墓の発見に辿り着いた。今ならば遺跡破壊と言われる行為だ。もしもカーターに大胆な仮説と行動がなかったなら、ツタンカーメン王墓は今でも王家の谷で眠っていたに違いない。そして何よりも重要なことがある」

エルシャリフは、ぐるりと日本人の顔を見た。

「発見という奇跡に導かれる運命だよ。遥《はる》か遠い東の国から君たちがここに来たのも、何かの巡り合わせかもしれないね」

部屋の隅に座っていたエルシャリフの女性秘書が、「博士、お時間が」と声を掛けた。

「さて、わたしはそろそろ失礼するよ。カイロのオフィスには山ほどの仕事が待っているからね。現場に残れる君たちが羨《うらや》ましい。よい報告を待っているよ」

エルシャリフが部屋を出て行くと、追いかけるようにエジプト人スタッフが出て行き、部屋には日本人三人だけになった。静かになった部屋に、カップを皿に置く音が響く。

桐生先生、と、美羽が沈黙を破った。

「京南大は、どうやってあの東の丘に辿り着いたのですか？　電磁波探査で空間を探り当てたのは分かりますが、アケトアテンの中心から東の丘までは遠すぎます。何か、墓がある可能性を示す別の発見でもあったのでしょうか？」

「根拠があって東の丘の電磁波探査を行ったのではないか、ということ？」

「そうです」

「明日の朝、太陽が昇る前に神殿へ行ってみるといいわ」

「神殿へ？」

「アテン神のお告げがあるかも」

蘭子は意味ありげに微笑むと、席を立って行った。

暗い砂漠に車のヘッドライトが現れ、アマルナの神殿近くで停まった。車から降りてきたのは、美羽と小栗だ。小栗は首を竦《すく》めて腕を擦《こす》る。

「寒いですね」

「夜の砂漠は冷えるから」

美羽は神殿のパピルス柱に寄りかかった。小栗が空を見上げる。

東の空は、うっすらと赤く染まっている。もうすぐ夜明けだ。輝いている星々も消えてゆくだろう。

「アテンのお告げって、なんでしょうね。夜明けってことは、おそらく朝日が神殿の何かを照らすんじゃないですかね。ほら、アブシンベル神殿みたいに」

「年に二回だけ、神殿内のラムセスの彫像を朝日が照らすっていう造りね。でも、ここはほとんど礎石だけよ。桐生先生の話に乗るしかないわね」

やがて、東の空に太陽が顔を出した。

「夜明けですね……」

小栗が何かに気づいた。

「あの、まさかとは思うんですけど」

美羽も手をかざし、眩しそうに昇る太陽を見ている。

「ヒエログリフの〝アケト〟の文字……」

「東の丘が、アケトに見える……！」

アケトアテンは〝アテン神の地平線〟という意味だ。古代エジプト文字ヒエログリフの〝アケト〟の文字は、太陽が地平から昇る形がモチーフになっている。東の丘は盆地になっていて、昇る太陽がちょうどアケトの文字そっくりに見えるのだ。

一台の車が美羽たちの近くに停まり、サングラス姿の蘭子が降りて来た。蘭子は夜明けの東の空を見つめた。

「きれいね」

「アテンの地平線、ですね」

小栗が言った。

「昨年の調査終了の三日前、わたしはここで一夜を過ごした。このまま帰国すれば予算を使い過ぎたあげく、何の成果も挙げられなかったと、大学内で吊《つる》し上げられるのは目に見えていた。一晩、三千三百年前のアマルナの幻影に浸ったわ。そして、夜明けが訪れて、わたしは見た。あの〝アテン神の地平線〟を。今、あなたたちが見ているのと同じようにね。あの丘には何かがある、って思ったわ。早速、東の丘を探査させてくれってエジプト考古省のスタッフに頼み込んだのよ。みんな笑っていたけど、わたしが機械を担いで丘の上に登ろうとすると、考古省のスタッフも手伝ってくれた。呆《あき》れていたけどね」

三人は、光り輝く東の丘を見つめた。

発掘は続いた。現場は少しずつ砂が除去され、岩盤が露出していった。しかし、入り口に辿り着くことはなく、時間だけが過ぎて行った。ブルーシートを埋め尽くす数の土器片が出土したが、ツタンカーメンに関連するものは出土しなかった。

土器片の写真を撮り、ビニール袋に入れてナンバーを振る。小栗はその作業を延々と続けている。切りが良いところで立ち上がり、腰を伸ばした。大きく背伸びをして、丘の上からアケトアテンを眺めた。砂漠のなかに、神殿の柱や王宮址《し》が見えた。

王宮址を歩く蘭子の姿があった。サイードやエジプト人スタッフと談笑している。

「桐生先生、アメリカのコンラッド大学の講師まで務めたんですよ。凄《すご》いですよね。ぼくなんかコンラッド大に行ってもレベルの違いを見せつけられるだけで、一ヶ月も持たないですよ」

「コンラッド大の頃の論文を読んだけど、死生観に関して冥界《めいかい》の永遠性を説いていた。ちょっと哲学的で興味深いものだったわ。彼女は、ミイラ造りを再現する実験にも参加していたそうよ」

小栗は驚いた顔になった。

「え、ミイラ造りの再現って……実際に遺体を使って行う実験ですか?」

「そうよ。コンラッド大には医学部があるから、提携して行ったみたいね。論文を読んでみるといいわ。いかに古代人の技術が優れていたのか分かるから」

「はあ……」

「アマルナやツタンカーメンの研究は、京南大学へ戻ってからだと思うけど、何か理由でもあったのかな」

「大学の方針だったんですかね。それが空間の発見にまで辿り着くなんて、ラッキーですよね。

エルシャリフ博士の言うとおり、発見って運命のようなものかもしれませんね」

「岩盤の間にできた単なる空間っていう可能性は残されているのよ。この目で墓を確認するまでは、なんとも言えないわ」

小栗は、美羽をじっと見る。どこか笑っているような顔をした。

「なによ」

「日下先生と桐生先生、どっか似てますよね。クールな雰囲気っていうか」

美羽は苦笑する。

「わたしはドクターも持ってないし、キャリアでは彼女に敵《かな》わないわ」

美羽が立ち上がり、ジーンズの砂をはらった。埃が舞い上がる。

「小栗くんさあ、ここの現場を見つけた方法、どう思う？　確かに神殿から見える夜明けはアケトの文字に見えた。だからって空間が存在するなんて、出来過ぎじゃない？」

小栗は腕を組む。

「でも現に反応があったわけですから。やっぱラッキーだったんですよ」

「ラッキーね……」

美羽は空を仰いだ。

アケトアテンの太陽は、澄み切った空に輝いていた。

3

砂煙を上げて一台の四輪駆動車がアマルナに到着した。サングラスに派手なTシャツの男が降りてきて、現場へ向かう丘を上がってくる。

「桐生先生、何か出たかい？」

現場から蘭子がやって来た。

「そう簡単には行かないわよ」

続けて丘を登ってきたのは、レポーターらしき女性だった。自分のリアクションを撮影するカメラを取り付けたヘルメットを被り、その後ろをカメラマンと音声スタッフが追っている。

この発掘にはテレビ局がスポンサーとして関わっていた。サングラスの男はテレビ局のプロデューサーで堂本友之《どうもとともゆき》、レポーターはアイドルの紺野珠璃《こんのしゅり》、カメラマンは尾崎《おざき》、音声は多田《ただ》と紹介された。

小栗は、アイドルと紹介されても見たこともなかった。メイクの濃い顔は、あまり若くないような気もした。

「まあ、何も出なかったら、その辺に黄金の彫像でも埋めればいいか。珠璃がな、見つけるテイで」

「了解でーす」と、敬礼をする珠璃。

「そんなのヤラセじゃないですか」

小栗が言うと、堂本は鼻で笑った。

「冗談だよ。今日日コンプライアンスが厳しくてそんなことしたら首が飛んじまう。でもね、何も発見できなかったら、それこそ首が飛んじまうんですよ。分かってますよね？」

堂本は、見ていた土器片を興味がない様子で放った。

蘭子は小さく溜息をつく。

「小栗くん、堂本さんたちをアマルナの遺跡へ案内してあげて」

「はい……」

小栗はテレビクルーと共に丘を下り、車に乗り込んだ。

移動する車内で、珠璃はエジプトに来てから薄暗い穴にばかり潜らされていると愚痴《ぐち》った。

「テレビってやつはな、とにかく穴のなか潜れば盛り上がるんだよ」

「なんか壁画みたいなの、いっぱいあった」

どうやら王家の谷の墓に軒並み入って撮影を行ったらしい。世界遺産登録されている貴重な遺跡じゃないか……小栗は呆れるばかりだった。

車は、アマルナの涸《か》れ谷の奥に到着した。岩盤を掘った墓の入り口があり、鉄格子が塡《は》められて鍵《かぎ》が掛かっていた。アクエンアテン王のものと考えられている墓だった。

考古省のスタッフが鍵を開けると、珠璃はレポーターとしてなかに入って行く。その後をカメラと音声が追いかけた。珠璃は、「怖い怖い、何か出そう！」と、大げさにテレビ的なコメントを連発する。

墓は王家の谷と比較しても巨大だが、回廊の造りは雑で洞窟のように見える。アクエンアテン王の墓は他にあるのではないか、という説もある。壁画も削り取られてほとんど残されていない。

「ここ、王の墓なんだろ？　なんで壁画がないんだ？」

「ツタンカーメンの後に王となったホルエムヘブっていう軍人出身の王がいるんですけど、アマルナの遺跡をことごとく破壊したんです。墓の壁画もそうやって削られたと考えられているんです」

「何でそんなことしたんだ？」

「アクエンアテン王は、アテン神を唯一の神として信仰しましたから、それまでずっと信仰されていた国家神アメンや、すべての神々の信仰を排除しようとしたんです。弾圧まで行ったんですよ。ホルエムヘブはアテン神の存在そのものが国家を揺るがすものと考えて、王になった時にアテンの時代を消し去ろうとしたんですね」

「そうか……」

堂本は神妙に相槌《あいづち》を打っていたが、口を開いた。

「やっぱり、ただの穴蔵だな。もっと派手な墓、見せてくれよ」

「そうですね……」

小栗は、アマルナ時代に高級神官だったメリラーの墓へ案内した。メリラーの墓は岩山の中腹に造られている。車で墓がある岩山の下まで行き、墓まで岩山の階段を登ってゆく。

墓内はやはりレリーフは削られているが、比較的残されている部分が多い。アクエンアテン王だけでなく、行進する軍隊も描かれている。

「これがアクエンアテン王か」

堂本が壁画を見上げる。

「なんかこの体型、おかしくないか？」

アクエンアテン王は、その姿にも特徴がある。長い顔、長い手足、膨らんだ腹、乳房もあって両性具有という指摘や、遺伝子の異常によって体が変化するマルファン症候群という病気だったという説もある。

「これがアテン神か？」

堂本が、王の頭上に描かれているアテン神を指差す。

「そうですね。古代の神々は動物や人の姿だったりしますが、アテン神は太陽そのもので表現されています。丸い円盤からいくつも伸びる太陽光線が、伸びた手として表現されているんですよ」

「何ですか？」

堂本が苦笑する。

「古代の神って動物なんだろ？　ことはアテン神ってよ、タコとかイカみたいな海の動物なんじゃないか？　エジプトは地中海《ちちゅうかい》とか紅海《こうかい》があるからな。これやっぱタコだろ。な？」

そう言って堂本はクルーを見回す。クルーのみんなも、合わせるように笑った。

「古代エジプトの壁画には、海の動物やイカのような動物が描かれているものもあります。でも、これは違います」

むっとして小栗が言うと、堂本の笑みが消えた。

「もっと面白いものを見せてくれって言ってるんだよ」

小栗はアマルナの近くにあるアシュムネインという場所を提案した。アマルナから二十キロほど北へ向かった場所で、古代にはヘルモポリスという聖地だった。

「聖地？　行ってみるか」

車に乗り込んだ一行は、アマルナを出てヘルモポリスへと向かう。椰子《やし》の木の揺れる緑地帯を一時間ほど走ると、列柱が見えてきた。ヘルモポリスだ。

見える風景は、椰子の木の揺れる緑地帯と、そのなかに佇む列柱だけだった。古代には巨大な神殿を支えていたのだろう。だが、今は長閑《のどか》な田園風景に、瓦礫《がれき》が並んでいるようにしか見えない。

車から降りた堂本が、辺りを見回している。

「ここが聖地だと？　何もないじゃないか」

「ヘルモポリスからは、アマルナ時代の石材ブロックが発見されています。考古学的に重要なものですよ」

小栗は、考古省のスタッフと共に倉庫へ向かった。一行がその後をついて行く。鉄の扉を開け、倉庫のなかへ入って行った。

そこには一辺が一メートルほどの石灰岩のブロックが、所狭しと積み上げられていた。

ヘルモポリス・ブロックは、アマルナ時代の建物だったが、破壊されていくつものピースとなってここ、ヘルモポリスの地で発見された。ピースを組み合わせて行くと、その一部がパズルのように組み合わされ、レリーフが再現された。アテン神、そしてツタンカーメンの名前を表すカルトゥーシュも発見された。

「アマルナでツタンカーメンが生まれた可能性を示唆することになるわけです。謎の多いツタンカーメンのプロフィールを解明する手がかりのひとつですね」

堂本は腕を組んで首を捻《ひね》っている。

「なあ、どう見たって単なる石材だよな。黄金じゃないと絵にならないんだよ。考古学的価値とテレビ的価値は一致しないな」

「そうですか……」

小栗は、溜息をついた。

「なんで古代人は、わざわざこんな石を埋めたんだ?」

「後の時代に行われたアマルナの破壊活動という説がありますが……」

「また破壊かよ。だったら埋める必要ないだろ」

「ええ……謎ですよね」

「謎か。もういい。引き上げよう」

確かにその通りだと小栗は思った。破壊活動なら埋める必要もなく、神殿などの建材として流用すればいい。なぜ、きれいにブロック状に切り出し、アマルナからこのヘルモポリスまで運び、埋めたのだろう。もとの建物は何だったのだろうか……。

小栗が見つめるブロックには、アテン神のレリーフがあった。


アマルナから北へ六十キロ。ミニアという街にあるホテルの一室で、絡み合う男女がいた。

堂本と珠璃だ。二人は技術クルーをアマルナに残し、このホテルに滞在していた。

シャワーを浴びた堂本が、ベランダでビールを呷《あお》った。

落ち始めた太陽がナイル川でぎらぎらと輝き、辺りにはアザーンが鳴り響いていた。

堂本は目を細めてナイルを眺めた。

「堂本さん、あたしエジプト苦手かも。もう、髪が砂だらけ。ばりばり」

珠璃が髪先を弄《いじ》りながらベランダに来た。

「商売になればいいんだよ。エジプトは人気がある。視聴率グラフを見るとな、ツタンカーメンとかミイラが登場した瞬間、ぽんって上がるんだ。古代エジプト展なんて開催してみろ。放っておいても来場者が百万人を超える。いくら儲《もう》かると思う？　単純に計算してみろ。チケットが二千円だ」

「えーと、二億？」

「二十億だ。全国主要都市で開催してみろ。掛けるの二、三。五十億は転がり込む計算になる。ちょっとした外タレコンサートより儲かるわけよ。まあ、いろいろと仕掛けしてな。テレビはその伏線だ」

「なんかすごーい、すごいじゃん！」

珠璃は堂本に抱きついてくる。堂本は分かっていた。この子は中年の俺なんかが好きなんじゃない。

俺の後ろにある業界が好きなんだ。

関日《かんにち》テレビが発掘のスポンサーになって、堂本がプロデューサー兼ディレクターとして番組を仕切ることになった。チャンスだと思った。

今のテレビ番組制作はギリギリまで予算は削減され、高視聴率を当然のように求められ、さらにコンプライアンスにも対応しなければならない八方塞がりの状況だ。運良く高視聴率を取ってスポンサーに尻尾《しっぽ》を振っても先が見えている。

この機会にエジプトでコネクションを作り、独立して会社を設立し、ツタンカーメン展を開催する……一攫千金《いっかくせんきん》も夢ではない。

珠璃は、そんな堂本と関係を持っていれば、自分の大きな仕事に繋がって行くと考えている。強《したた》かなものだ。いわゆる地下アイドル、年齢非公開。パスポートを見たが、二十六歳だった。所属事務所も学生サークルの延長のようなものだ。テレビ屋と地下アイドル、いいバランスだ。

ホテルで食事を済ませた堂本と珠璃は、ナイル川沿いを散歩した。堂本のスマホのカメラに、珠璃はアイドルポーズを取る。西側の空は、太陽が落ちて赤く染まっていた。

二人は人々が行き交う市場をぶらついて、カフェに入った。珠璃はカタカナで書いたアラビア語のメモを取り出す。

「えーと、アホワ。ワヘッド、ソッカル。シーシャ、トッファーハ」

コーヒー、砂糖はひとつ、水煙草は林檎《りんご》味で。店員はにっこりと笑って、アラビア語が上手ですね、と英語で言った。

トルコ・コーヒーと水煙草が運ばれてきた。堂本は水煙草を吸って咳《せ》き込んで、慌ててコーヒーを飲んだ。

「コーヒー占いでもどうです?」

いつの間にか傍らに、エジプト人の老人がいた。斜視だった。

「カップの底に残ったコーヒーが絵を描くんです。あなたの未来が見えますよ」

老人は拙い英語を話し、カップを指差した。

「コーヒー占いか。歌にもあったな」

トルコ・コーヒーは、粉を煮出すものだ。飲み終わると、カップの底にどろりと粉が残る。そのカップを逆さにするとソーサーに粉が落ち、カップに残った粉が模様のようになる。それを見て占うのだ。老人はチップを貰うつもりなんだろう。

「面白そう。やってみて」

珠璃が促すと、老人は皺《しわ》だらけの手で珠璃が飲み干したカップを逆さにし、呪文《じゅもん》めいた言葉を呟《つぶや》いてカップを開けた。その顔が曇った。

カップの底には奇妙な形があった。苦しそうに口を開ける顔のようにも見えた。

「なんだ？」

老人は、驚いた様子で首を振っている。

「神のお慈悲を」

突然、バン！　と激しい音がして、叫び声が聞こえた。堂本も珠璃も驚いて辺りを見回す。ここはエジプトだ。すぐにテロの二文字が頭に浮かんだ。

「おい、やばいんじゃないか」

「やだ、怖い」

周りにいたエジプト人が駆けて行く。逃げている雰囲気ではなかった。少し離れた広場で騒ぎが起きているようだ。二人も好奇心で、人混みへと向かった。

荷台が転がり、辺りには果物が散乱していた。側では、ロバが血を流して倒れていた。悲痛な鳴き声をあげている。車が荷物を運ぶロバに衝突してしまったのだ。運転手とロバの飼い主が、怒鳴り合って喧嘩《けんか》をしている。ロバはやがて掠《かす》れた声を上げ、事切れた。

「可哀想に……」珠璃が呟いた。

カフェに戻ると、占い師の姿はなかった。カップの占いも流れていたが、堂本には、嫌な予感だけが残った。

4

小栗が目を覚ますと、漆喰《しっくい》の天井があった。日干し煉瓦《れんが》を積んだ典型的なエジプトの家の天井だ。ベッド脇の時計を見ると、八時を過ぎていた。いつもなら現場にいる時間だ。今日は金曜日、イスラムの世界では休日。発掘も休みだ。しばらくベッドでぼんやりしていたが、起き上がって居間に行った。

テーブルの上には、エイシというエジプトのパンが重ねて置いてあり、ジャムとゆで卵が並んでいた。キッチンでコーヒーを淹《い》れる。いい香りが立ち上った。静かだ。長閑に村の牛の鳴き声が聞こえている。

とことこと子供がやって来た。現場監督のサイードの息子、ハビーブだ。巻き毛で目がくりくりだ。

「オグリー、これたべていい？　ジャムすき。イチゴがいい」

ハビーブは、テーブルのパンに手を伸ばす。

「オッケイ。塗ってあげる」

パンにジャムを塗って渡すと、ハビーブは小さな口を開けて齧り付いた。

小栗はマーマレードをパンに塗り、ゆで卵の殻をむく。

「おとうさん、きょうしごとなの」

「そう、忙しいんだね」

「いりぐちがみつかったの」

「ふうん」

「いりぐちがみつかったから、しごとなの」

「え……」

小栗は飛び上がった。入り口が見つかった！

慌てて部屋に戻って着替える。蘭子と美羽に声を掛けるが、二人ともいない。

「もう行っちゃったのか！」

外に出ると、ドライバーのハッサンが車に寄りかかって新聞を読んでいた。

「モーニン。ドクターたちは、先に送ったよ」

「ぼくも送ってくれ」

小栗は、パンをくわえたままバンに飛び乗った。ここから現場までは、車で十五分ほどの距離だ。村の農道を行き、ナイル川の橋を渡ると砂漠地帯に出る。やがて砂漠に神殿のパピルス柱が見えてきた。現場がある丘の下には、考古省の車が数台止まっていた。小栗は車から降りて丘を駆け上がった。

　現場では、蘭子と美羽が考古省のスタッフと話し合っているのが見えた。息を切らせて駆け寄ると、美羽が笑顔で迎えた。

「声かけたんだけど。それ、マーマレード？」と、自分の口元を指差す。

　小栗は慌てて口を拭《ぬぐ》う。すみません、と頭を下げた。

　現場の進行が遅れているのを気にした作業員の親方が、早朝から数人で作業を行ったところ、入り口らしき空洞に突き当たった。すぐにサイードへ連絡が行き、蘭子に連絡が来たという。朝六時のことだった。

　現場では考古省スタッフが発掘場所を取り囲んでいた。すぐ近くで三脚にカメラを載せて待機する尾崎と音声の多田の姿があった。小栗の姿を見つけると、尾崎はにやりと笑って親指を立てた。堂本はまだ到着していないようだ。

　小栗が現場を見る。砂漠に一メートルほどの穴が開いていて、斜めに奥へ続いているように見えた。

「回廊ですかね」

「というよりも、岩盤を削り出したトンネルに見えるわね。砂を取り除かないとなんともいえないけど」

　サイードの指示でエジプト人作業員が次々と穴のなかに入り、砂をかき出す作業が始まった。穴のなかと周りの砂を除去し、完全に岩盤を露出させる作業だ。

午後になって堂本と珠璃が到着し、丘を上がってきた。

「どうやらツキが回って来たようだな」

その頃には岩盤が露出し、穴から砂が取り除かれていた。屈《かが》めば人が通れる大きさだ。

サイードが崩落の危険がないのか、なかを見に行った。日本人は待機だ。数分経ってサイードが上がってきて、カモン、と手招きをした。

蘭子を先頭に、美羽と小栗も穴のなかへ入って行く。その後ろにテレビクルーが続いた。

トンネルには、石灰岩を掘り出した無数の鑿《のみ》跡が残されていた。やがて外光が届かなくなると、それぞれが懐中電灯を点けた。クルーのバッテリーライトが、一番頼りがいのある光源になった。

トンネルを下りきると、部屋があった。砂が入り込んでいて、手前半分ほどを埋めていた。大きさは二十畳ぐらいだろうか、小栗は懐中電灯で全体を照らしてみたが、遺物は一切見当たらなかった。

蘭子と美羽が懐中電灯で壁を照らしてゆくが、壁画も残されていないようだ。

「未完成墓でしょうか？」

エジプト人スタッフが電球を配置して行き、やがてライトを使わなくても見渡せる明るさになった。

小栗が、おおっと感嘆の声を上げた。奥の壁に掘られたレリーフが浮かび上がったのだ。

それはアクエンアテン王と王妃ネフェルティティが、両手をアテン神に掲げて礼拝をするという典型的なアマルナのスタイルだった。崩落はしているが保存状態がよいものだった。

「レリーフが破壊されずに、きれいに残されていますね」

「何らかの理由でこの墓は早い段階に放棄され、後の時代に行われるアマルナの破壊から逃れたのかもしれない」

美羽が言うと、蘭子は頷《うなず》いた。

「そうね。素晴らしい発見だわ」

部屋を呆然と見ていた堂本が口を開いた。

「素晴らしい発見だって？　お宝はどこにあるんだ？」

「目の前にあるでしょう。素晴らしい空間が」

蘭子の言葉に、堂本は肩を落とす。

「外れか……ホントに黄金の彫像でも埋めちまいたいよ……」

小栗は、墓に入り込んだ砂に手を入れて探った。砂のなかに彫像のひとつでも埋もれていないかと思ったのだが、手応《てごた》えはなかった。

駄目か……と、諦めかけた時、壁の隅に何か違和感があった。ライトを向けてみると、四角い空間らしきものが見えて、あっ、と声を上げた。

「見て下さい！　他にも部屋があるかもしれません！」

エジプト人スタッフが数人がかりで砂をかき出すと、すぐに一メートルほどの四角い入り口が現れた。

最初にサイードが這《は》うように入って行き、エジプト人スタッフが照明を仕込んだ。そして、蘭子たち日本人もなかに入った。テレビクルーも後に続いた。

そこには前室よりも広い部屋があり、黒い棺が三つ並んでいた。

「これは凄い……」

小栗は息を呑《の》んだ。

黒く塗られた木製のミイラ形の棺には、顔や胸でクロスさせる手などは彫られていなかったが、圧倒的な迫力があった。

「ドクター・サイード。棺のなかを見ることはできる？」

棺を観察していた蘭子が言った。

サイードとエジプト人スタッフが、蓋《ふた》を開けたときに棺が破損しないか確認をする。数人で少しだけ蓋を持ち上げると、砂を落としながら蓋が持ち上がった。

「大丈夫だな。開けてみよう」

尾崎がカメラをかまえ、決定的瞬間をカメラに収めようとする。

「さて、何が出るかな？」

「あたしはまた盛り上げればいい？」

カメラ前に出ようとする珠璃を、堂本は制する。

「ここはいい。臨場感で十分にいける」

「あ、そう……」

サイードがエジプト人スタッフを配置し、四人がかりで棺の蓋を開けてゆく。木製の棺でもかなりの重量があるようだ。蓋が持ち上がると、埃が舞い上がった。そして、棺に納められていたものが、姿を現した。

「なんだ、これは……」

堂本が声を上げた。

棺のなかには、ミイラが折り重なっていた。一体ではなく、数体のミイラが棺に入れられていたのだ。

「ミイラなのか……骨じゃないか」

蘭子と美羽が、ミイラを見てゆく。

「防腐処置はいい加減だったみたいね。すっかり白骨化している。布にも巻かれずに押し込められたみたいに見えるわ」

「このミイラたち、頭部が失われている……」

「まともな埋葬じゃないわね」

遺体の防腐処置を行って布に包んだものをミイラと言うが、それは博物館で見ることができる良好な状態で発見されたミイラだ。貴族の墓などで発見されるミイラは保存状態が悪く、白骨化したものが多い。古代の共同墓地などで発見されるミイラは、棺に納められることもなく、棚に折り重なって発見される。

サイドの指示で他の二つの棺も開けられたが、同じように首のないミイラが重なるように納められていた。白骨化した首なしミイラが詰め込まれた棺が、三つ並ぶ。

「気持ち悪い……」

堂本の後ろから棺を覗き込んでいた珠璃が呟く。

「なあ、なんで首がないんだ？」

小栗は、腕を組んで首を傾げる。

「こういうケースは初めて見ました。頭部が失われているのは、頭部に高価な装飾品があってミイラを破壊して持ち去ったのかもしれませんが、このミイラに関してはまだ何とも……」

「まあ、絵になるのは間違いないか。珠璃、出番だ。入り口から撮影してゆくぞ」

珠璃が、了解と、敬礼をする。堂本はクルーと連れ立って部屋を出て行った。

蘭子と美羽は、懐中電灯でミイラと棺の観察を続けている。

「埋葬っていう印象じゃないわね。装飾品はなかったんじゃない？」

蘭子が言うと、美羽は腕を組んだ。

「ということは、首がない原因はトレジャー・ハンターによる破壊ではない。古代に何かがあって、首を失った遺体がこの棺に入れられたことになる。捕虜だった？」

「捕虜が斬首されている記述は、確かにあるわ。初期王朝のナルメル王のパレットやラムセス六世の墓の壁画にも描かれている。並ぶ首なしの遺体がね」

「捕虜ならば、装飾品はない。遺体もミイラにしない。でも……」

「そう。棺には納めない」

美羽は溜息をつく。

「いずれにせよ、あまり気持ちのいい話ではないわね」

「そう？　実に興味深い発見じゃない」

蘭子の嬉しそうな顔に、美羽は首を振って苦笑した。

小栗は、記録用の写真を何枚も撮った。手が震えているのが分かった。気を取り直そうと、トンネルを上がって表に出る。入り口では、堂本とクルーが撮影を行っていた。

珠璃が大げさにリアクションをしながら、墓を出たり入ったりする。珠璃の悲鳴と、堂本の下卑た笑い声が辺りに響いた。

「堂本さん、遺跡なんですから。少し自制して下さいよ」

「仕事の邪魔だよ」と、堂本は追い払うように手をひらひらさせる。

「ったく……」

小栗は、何か神聖なものを汚されたような気がして不愉快になり、墓のなかへ戻っていった。

棺がある副葬室に入ってゆくと、蘭子は腕を抱え込むようにして考え込んでいる様子だった。

「まだ見つけていない、これで終わりではない……」

蘭子の独り言だった。その言葉は、小栗の胸に沈んでいった。

5

副葬室の三つの棺は、一メートル程度の出入り口からは搬出することができなかった。棺は副葬室で組み立てられてミイラが入れられたと推測された。エジプト人スタッフは、搬出の方法を検討していた。

前室では、クリーニング作業が始まった。砂を運び出して完全に壁面を露出させ、壁面の砂や汚れを掃除する作業だ。蘭子と美羽はレリーフの前で仮説を話し合っていて、小栗が少し離れた場所からレリーフの写真を撮っていた。

作業員が、砂の入ったバケツを勢いよく持ち上げた。その拍子に小栗にぶつかった。背中を押される形になった小栗は、バランスを崩して部屋の壁に手をついてしまった。

バラバラと、壁の漆喰が落ちた。

「ああ、すいません！」

小栗は、驚いて声を上げた。

気をつけなさい、とサイードが作業員を注意し、作業員は謝りながらバケツを抱えて部屋を出て行った。

「この壁、おかしいわね」

漆喰が落ちた壁を見つめていた蘭子が言った。

美羽と小栗も壁を見た。漆喰が落ちた部分には、岩盤ではなく日干し煉瓦が見えていた。

「漆喰は岩盤の上に塗られるはず。なぜ岩盤ではなく、日干し煉瓦が積まれているの？」

「ここの壁は、煉瓦を積んで造られた……」

全員が、はっとして顔を見合わせる。

「そうよ、日干し煉瓦を重ねて壁を造ったのよ。この後ろには隠し部屋があるかもしれない！」

エジプト側と協議が始まった。日干し煉瓦を外すべきか、否か。堂本たちも部屋に降りてきた。この瞬間をドキュメンタリーとして、尾崎が撮影している。

「サイード、煉瓦を一つだけ外すわけにはいかない？」

「気持ちは分かるが、遺跡破壊は避けたい。もしも、それがきっかけで壁が崩れてしまうと、取り返しがつかない事になる。電磁波探査をもう一度行って、煉瓦の奥が確認できれば、エルシャリフ博士の許可も下りると思うがね」

「電磁破探査機は、日本に送り返している。もう一度調査を行うためには、時間と費用がかかるわ。来年になるかも、いいえ、それも無理かもしれない。なんとかならない？」

　サイードは首を振る。

「そう……」

蘭子は残念そうに唇を噛《か》む。

「何か、いい方法ないかなあ……」

小栗が腕を組んで呟く。

「あるよ、方法が」

そう言ったのはカメラマンの尾崎だった。えっ、と全員が尾崎に注目する。

「どうやって壁の向こうを確認するの？」

尾崎は珠璃を指差した。今度は全員が珠璃に注目する。

「え、なに？」

珠璃は、引き攣った笑顔になる。

「珠璃ちゃんのヘルメットに付けたリアクション用のカメラ。ファイバースコープ並みのミニカメラだから、ヘルメットから外して隙間から差し込めばいい。ライトも付いている。二メートルくらいなら大丈夫だ。何もなければ行き止まり。空間があれば奥が見えるはず。多田、行けるな?」

「楽勝っす」

音声のブームを槍《やり》のように抱えた多田が答えた。

蘭子がゆっくりと拍手をした。

「あなたたち、素晴らしいスタッフよ」

尾崎と多田は、早速隙間に差し込むカメラの準備に取りかかった。カメラのレンズは、ほんの一センチほどだ。ワイヤーの先に取り付け、ケーブルを延ばしてモニターに繋ぐ。カメラの周りには、小さなLEDライトが付いているので、暗闇でも撮影ができる。

電源が入れられると、モニターに多田の童顔が映った。サイドの指示で、差し込む場所が指定される。多田は、煉瓦の隙間にカメラを差し込んだ。モニターは真っ暗になった。

「どうだ、行けそうか?」

多田はワイヤーを送りながら感触を確かめている。モニターは、まだ真っ暗だ。しばらくして、あ、と言った。そして、ワイヤーを送り込んだ。

次の瞬間、モニターに何かが映った。天井のように見えた。

「これは床だ。逆さになっているが、岩盤の床だ。多田、カメラ、振れるか?」

「了解っす……」

多田がワイヤーをねじる。画面がブレながらぐるりと回り、止まった。岩盤の床の上だった。大きさは分からないが、明らかに空間があるのが分かった。奥行きがある部屋のように見えた。布のようなものが下がっているのも確認できた。

「間違いない。隠し部屋がある。遺物も納められている」

蘭子が立ち上がり、呻《うめ》くように言った。

「エルシャリフ博士に連絡を取って、この煉瓦を取り外す許可をお願いします」

サイードが微笑む。

「もちろんだ」


次の日には、カイロのエルシャリフ博士から煉瓦を取り外す許可が下りた。レリーフが施されていない部分であれば、漆喰を削って日干し煉瓦を取り外してもよいというものだった。

エジプト人作業員が漆喰を削って行く。漆喰はもろく、すぐに隠されていた日干し煉瓦が現れた。測量が行われ、記録写真が撮られた。煉瓦は、二メートル幅で積み重ねられていることが分かった。

そして、煉瓦が外されて行った。全員がその作業を見守っていた。やがて人が通れるほどの隙間が作られると、手際よく照明が配置された。

「ドクター・キリュウ、ここはあなたが最初に入るべきだろう」

「いいの?」

サイードが言った。

「発見者はあなただ」

「ありがとう」

蘭子がなかに入っていった。美羽と小栗も後に続いた。最後にクルーが入って行く。

部屋には、テントのように薄茶色の亜麻布が張られていた。部屋の中心に四つの柱があり、亜麻布を支えているのだ。

蘭子が布を捲り、なかを覗《のぞ》いた。

「これは……」

蘭子がなかに入って行く。美羽と小栗も後に続いた。そして、亜麻布のなかに納められていたものを見た瞬間、誰もが感嘆の声を上げた。

冥界の神オシリスの彫像が四隅で亜麻布を支え、部屋の中心には大きな黄金の厨子《ずし》が置かれていた。厨子は木製の金張で、四つの側面に四体の頭部が山犬のアヌビス神が配置されていた。上部にはコブラが並び、全体にヒエログリフが刻まれている。

「黄金の厨子……凄い……」

「素晴らしいわ……」

堂本も興奮を抑えきれない様子だ。

「やったな……黄金だ……、尾崎ちゃん、撮影よろしく頼むよ」

「了解」

尾崎は撮影を開始した。

「ねえ、あたしの出番は？」

「珠璃は休みだ。ここはいらない」

「レポートしなくていいの？」

「ヘタなレポートなんか邪魔なだけだ。ハードな考古学ドキュメンタリーでいく。ナショジオのノリでな」

堂本は、アメリカの老舗《しにせ》ドキュメンタリー番組、ナショナルジオグラフィックを引き合いに出した。

「ヘタ……あっそ。じゃ、帰る」

珠璃はぷいっと部屋を出て行った。

「堂本さん、いいんですか？」

「出番はどこかで作る。そんなことはどうでもいい。桐生先生、このなかには何が入っているんだ？　黄金のマスクか？　彫像か？」

「ツタンカーメンの厨子を例に取れば、カノポスが入っているはず」

「カノポス？」

堂本は小栗を見た。

「内臓入れですね。ミイラは棺に納められますが、心臓を身体に残して他の臓器は取り出されて防腐処置をされ、容器に収められます。その容器のことをカノポスといいます」

ツタンカーメンのカノポスは、黄金の厨子のなかにアラバスター製の容器があり、そのなかに四つの内臓入れが納められていた。それは黄金の棺と見間違うほど精巧に作られたものだった。

美羽は首を傾げる。

「確かにカノポスが納められているとは思うけど、なぜここにカノポスだけがあるの？　それも隠し部屋に、黄金の厨子に入れられて」

「そうですよね。カノポスがあるなら、ミイラが埋葬室にあるはずですけど、部屋には何も納められていなかった。三つの棺のミイラは埋葬されたとは思えない首なしミイラ。そんな墓に、なぜ黄金の厨子に入れられたカノポスがあるのか？　不思議ですよね」

蘭子は、嬉しそうに微笑んだ。

「その通り。この墓は実に不思議だわ」


数日後、エジプト考古学博物館から、遺物の修復スタッフが派遣されてきた。このままの状態では、黒い三つの棺も厨子も墓から運び出すことが不可能なために、解体して運び出すことになったのだ。

厨子を解体するということは、必然的になかに納められているものを取り出すことになる。博物館のスタッフは厨子を見て、解体する計画を立てた。

オシリスの柱と亜麻布が外に運び出され、鉄骨の足場が厨子の脇に組まれた。まずは厨子の上部の蓋が外された。それから四面を守っているアヌビスの像が外され、四面の板を外す作業が行われた。板は表面に金箔《きんぱく》が貼られているために、四隅に切れ目を入れて少しずつ板が剝がされる。復元が想定されているため、綿密な作業となった。

厨子の四面の板が外されて行くと、少しずつ納められている遺物が姿を現してきた。

「なんだ、これは……」堂本が唸《うな》る。

それは亜麻布に包まれた樽《たる》のように見えた。中心部が縄でくくられていて、縛られているような印象だった。

写真が撮られ、計測が行われる。高さは一メートル二十センチ、幅が八十センチだった。

「亜麻布を取り外せる？」

博物館スタッフが縄を観察する。

「かなりもろくなっているが、大丈夫だろう」

スタッフが慎重に縄と亜麻布を外して行く。

そして、三千三百年ぶりに現代に甦《よみがえ》った遺物が姿を現した瞬間、皆が息を呑んだ。

現れたのは、五角形の容器だった。全体が乳白色で、五つの側面と上部に黄金の彫像が施されている。どこか異様な雰囲気を放っていた。

「これがカノポスってやつか……」

蘭子は、興奮した様子でカノポスを観察して行く。

「全体はアラバスターをくり貫いて造られているみたいね。上部と底部には木材が使われていて、それが蓋になっている。五つの面の神々が蓋を押さえるように配置されていて、彫像の手が留め金のような役割になっているのね。これは面白いわ」

美羽は、カノポスに取り付けられている神々の彫像を見ている。

神々の彫像は蛙と蛇の頭を持つ姿で、手を伸ばす形で蓋を押さえていた。天井部分のトート神だけが朱鷺《とき》の頭を持つ神として表現されていた。

「この神々は……オグドアド？」

「そう。オグドアドのカノポス。ヘルモポリスの守護神、オグドアド八神に守られているカノポスだわ」

蘭子は、五つの側面に配置された神々をひとつずつ指差して行く。

「五つの面にはオグドアドの八神のうち、ヌン、ナウネト、アマウネト、クク、カウケトの彫像が取り付けられている」

次に、五角形の蓋の上を指差す。

「フフ、ハウヘト、アメンの三つの神々は蓋の上で三角に配置されている。三角の中心にある最後の神は、八神を司《つかさど》るトート神。全部で九人の神々がこのカノポスを守護しているのよ」

「こんなカノポス、見たことないわ……」

美羽が腕を組んで言った。

堂本が小栗を引っ張り、部屋の隅へ行って耳打ちをする。

「桐生先生は、何を呪文みたいなこと言ってるんだ？」

「あのですね。アマルナの近くに、ヘルモポリスってあったじゃないですか」

「石のブロックが山積みになっていた、古代の聖地ってところだろう？」

「そうです。オグドアドは、聖地ヘルモポリスにおいて、この世を創造し、そしてこの世が終わる時に再び目覚めるとされている神々です。男女が一対となっていて、男性神が蛙で女性神が蛇の頭で表されています。混沌《こんとん》、原初、闇、永遠と、その性質はきわめて原始的で、まあ、古代エジプトの原点のような神々です」

「ほう、原点ね。なるほど」

古代エジプトは、神々の国と言っても過言ではない。それぞれの地方で信仰されている多くの神々がいて、神話も場所や時代によって変化する。

ヘルモポリスは、ルクソールの国家神だったアメンと対立しているアケトアテンの近くに位置し、中立的な立場だったとも考えられているが詳しいことは分かっていない。

蘭子と美羽は、ずっとカノポスの表面に書かれたヒエログリフを追っていた。

「日下先生、王名は見つかった？」

「オグドアドの神々を讃《たた》える呪文が刻まれているようだけど、名前は見当たらないわね」

美羽はふと考える。

「アテン神は、オグドアドとは相反する神ですよね。そう考えると、アマルナの王族をなぜ守護するの？　アマルナの王族ではないのかも」

「なら、なぜアテンの地でオグドアドのカノポスが発見されたのか？」

「それは分からないけど……」

蘭子と美羽は、考え込んでしまった。

「あの……」

小栗が手を挙げる。

「何か気付いた？」と、美羽。

「守護ではなく、封印されているのではないでしょうか？」

「封印？」

「ヘルモポリスのオグドアドが、このアマルナの地に納められたということは、何か、特別な事情があったのかもしれません。オグドアドの力で封印しなければならなかった、何かが納められているのではないでしょうか？」

蘭子が微笑む。

「あなた、面白い発想を持っているわね。封印、なるほど。この世が終わる時に現れるオグドアドの八神。破壊と再生の神々によって封印されたものは何か？」

蘭子も美羽も、全員がカノポスを見つめた。

カノポスは九人の神々を従え、じっと沈黙しているように見えた。

「開けてみればいいんじゃないか？」

堂本が言うと、小栗が首を振った。

「カノポスは三千三百年間密閉されています。外気に触れた瞬間、納められていたものが壊れてしまう可能性もあるんです。蓋を壊さずに開けられる保証もありません」

「そうか。難しいもんだな」

「いずれにせよ、エルシャリフ博士の判断に委《ゆだ》ねるしかないわね」

小栗はカノポスの蓋を見つめた。蓋の中心には、知恵の神トートが佇んでいた。


発掘が終了し、日本隊は現場を引き上げることとなった。発見されたカノポスは、カイロのエジプト考古学博物館へと運ばれる。

宿舎で撤収の準備をしていると、蘭子が堂本に話し始めた。

「堂本さん、マスコミ発表は、カノポスに納められているものが判明した段階で行おうと思うの。それまでこの発見は秘密にしておいて。本当は研究が終わってからとも思うんだけど、そうすると数年先になるかもしれないから」

「ああ。まあ、いいか。この発掘を記録したのは俺だからな。俺の独占ネタみたいなもんだ。スペシャル特番でも組んだら、間違いなく視聴率は取れるからな」

「それじゃ、また日本で」

撮影クルーは、四駆に乗り込んでカイロへと向かった。一足先に帰国する段取りになっていた。おそらく明日には日本行きの便に乗っているだろう。

聖東大学のチームは、バンで移動だ。砂漠地帯のハイウェイを北上して行く。およそ五時間の移動だ。

変わらない砂漠の風景が続き、いくつかの村を通り過ぎると、やがてナイル川が見えて来た。車はナイル沿いを行き、カイロの喧噪《けんそう》のなかに入って行った。一ヶ月ぶりに見るビル群は、どこか懐かしかった。

カイロ市内に入ると、道は渋滞だった。激しいクラクションの音が飛び交う。中心街にあるタハリール広場でやっと渋滞を抜け、ナイル川の広大な中州、ゲジラ島へと入って行った。ゲジラ島のザマレク地区は、大使館や高級住宅街がある区域だ。エルシャリフ博士のオフィスビルは閑静な住宅街のなかにあり、鉄の黒い門扉の前には自動小銃を持った考古警察官が配備されていた。

日本人三人は、建物のなかへと向かった。ロビーの壁には、アテン神をあしらった大きなマークがあった。

スタッフの案内で建物の奥へと向かい、応接室でエルシャリフ博士が来るのを待った。壁には、有名なハリウッド女優やアメリカ人映画監督と一緒に撮影した博士の写真が飾られていた。

エルシャリフ博士は、すぐに登場した。部屋に入ってくるなり両手を広げて「ブラボー」と言って、握手を求めた。

「アマルナからの報告は聞いた。とても珍しいカノポスが発見されたそうだね。おめでとう」

「エジプト考古省の協力のおかげです」

蘭子は、一通り発見に至るまでの経過を話した。エルシャリフは興味深そうに聞き耳を立てていた。

「なるほど。当面の問題は、カノポスの蓋をどう開けるかということだね。どうやら簡単には開きそうにないようだが」

「そのことで提案があるのですが、日本に持ち帰って少し時間をかけて研究を行いたいのですが、どうでしょう？」

「日本へかね？」

「はい。カノポスをCTスキャニングで調査しようと思います」

「ほう、CTスキャニングか。確かに蓋を開けずにカノポスの内部を確認することができる。以前に行われたツタンカーメンのミイラ科学調査でも、大いなる結果をもたらすことができたからね」

二〇〇五年から数年に亘《わた》って行われたミイラの科学調査は、ツタンカーメンのミイラだけではなく、名前が分からない王族のミイラに対しても行われた。結果、新王国時代に男装の麗人として君臨したハトシェプスト女王のミイラを特定することに成功した。

発見されていたハトシェプストのカノポスに残されていた〝歯〟のデータと、名もなき王族のミイラのデータを照合し、ハトシェプスト女王のミイラを探し出したのである。皮肉にもそのミイラは、ツタンカーメンの発見者ハワード・カーターが、〝重要ではない〟としていたミイラだった。

「ツタンカーメンのミイラ科学調査は、エジプト考古省がアメリカと合同で行った調査だった。ＣＴスキャニングの機械をアメリカから運び、改造したトレーラーに載せて王家の谷で行った。ツタンカーメンのミイラを、王家の谷から運び出すことは禁じられていたからだ。わたしはその頃、アメリカの大学にいたが、大変な調査だったと聞いている」

「東京には、あのカノポスを入れることができる十分な大きさのＣＴスキャニングの機械があります。二メートルを超える黄金の棺に比べれば、輸送も難しくありません。カノポスを日本に運ぶことができれば、すぐにでも調査に取りかかることができます」

エルシャリフは、なるほど……と、呟いて紅茶を飲みながら暫し考えていた。

「このカノポスは君の発見だ。どのような遺物なのか、日本に持ち帰ってじっくりと研究するのもいいだろう。ＣＴ調査を行う時には、わたしも日本へ行って立ち会うことにするよ」

「もちろんです」

「そうだ……研究をまとめたら、ツタンカーメン展を開催するのはどうかな？　日本での開催は久しぶりだ。わたしは日本の友人たちと展覧会の相談でもしよう」

「ツタンカーメン展、それは素晴らしい考えです！」

小栗が立ち上がり、弾《はず》みで椅子《いす》が倒れた。

「小栗くん、落ち着いて」と、美羽が窘《たしな》める。

「ありがとうございます。必ずよい結果を出してご覧に入れます」

「期待しているよ」

エルシャリフが差し出した手に、蘭子は応えた。

「あの、桐生先生……」

小栗が背筋を伸ばした。

「先生の地道な努力が新発見に繋がったと思います。あなたは素晴らしい研究者です。それが言いたかった……」

小栗は頭を下げ、部屋を出て行った。蘭子はきょとんとしていたが、苦笑した。

「なかなか良い青年じゃないか」

エルシャリフが片眉を上げ、微笑んだ。

その後の話し合いで、カノポスの輸送には美術品専門の運送会社が選ばれ、立会人として蘭子が同行することになった。カノポスの梱包《こんぽう》に立ち会い、チェックをし、同じ便で日本に移動するのだ。

カノポスを運ぶ箱は、カノポスのレーザー測量を行い、特注の型を作ってはめ込む。エジプト考古省は世界中で展覧会を行っている。段取りは手慣れたものだった。それから蘭子は、山ほどの書類にサインをしなければならなかった。

6

帰国便は別々だった。まず小栗がカイロを発《た》ち、蘭子はエジプト考古省との打ち合わせが長引いたので、美羽がひと足先に帰国の途に就いた。

美羽が帰国するのは、一年ぶりだった。成田に到着して空港の通路に移動すると、肌に纏《まと》わり付くような湿気を感じた。砂漠の国とのいちばんの違いかもしれない。

成田からリムジンバスに乗り込む。美羽の実家は東京の下町にあった。バスが浅草《あさくさ》の停留所に到着すると、中国人の団体がスーツケースを押しながら引きながら雷門《かみなりもん》の方へ賑《にぎ》やかに去って行った。

バスを降り、スーツケースを受け取った美羽は、隅田川《すみだがわ》沿いを歩いた。

隅田川をボートが行き、川向こうに金色の人魂《ひとだま》オブジェが見えた。懐かしい。家までは少し距離があるが、言問《こととい》通りからスカイツリー方向へ向かって歩いた。やがて、和菓子の〝くさか〟の看板が見えてきた。美羽の実家だ。

甘味処《あまみどころ》の暖簾《のれん》をくぐると、いらっしゃいませーと、元気な声が聞こえた。兄嫁の愛実《まなみ》の声だ。美羽の姿を見ると、嬉しそうに微笑んだ。

「あら、美羽ちゃん。お帰りなさい」

「ただいま」

美羽ちゃん、帰ったよ、と奥へ声を掛けると、兄の和馬《かずま》が顔を出した。

「おう、美羽か。腹へったか。何か食うか」

和馬は、この店の大黒柱だ。走り出てきたのは、甥《おい》の翔太《しょうた》だ。お、美羽か、と和馬の口真似をする。一年見ないうちにずいぶん大きくなった。今は小学校二年生だ。母の恵子《けいこ》が、昨年生まれた姪《めい》の愛子《あいこ》を抱いて現れた。思わず笑みが零《こぼ》れる。

「愛ちゃん、元気だった？」

愛子は、きゃっきゃっと笑う。

「もう女将《おかみ》は引退ね。和馬と愛実さんがほとんど仕切ってるから」

「それもいいんじゃない」

美羽は家に上がった。廊下を行くと中庭の躑躅《つつじ》が赤い花を咲かせていて、奥に美羽が使っていた離れの部屋が見えた。今は和馬夫婦の物置となっている。

母親の部屋に入る。奥には仏壇が置いてあり、美羽は仏前でりんを鳴らして手を合わせた。

「ただいま、お父さん」

仏壇には父、健介《けんすけ》の写真が置かれていた。健介は美羽と同じ聖東大学の准教授で、エジプト考古学者だったが、美羽が中学生の時に心臓の病で亡くなっていた。

恵子が部屋に入ってきた。

「美羽、お父さんと同じ匂いがするわ。それ、砂漠の匂いなのね」

「そうなのかな」

写真のなかの健介は、ピラミッド前でにっこりと笑っていた。

その日の夕食は、久しぶりの家族団らんだった。和馬は浅草三社祭《さんじゃまつり》の班長になったことが自慢らしく、ひたすらあの俺が、あの俺がだぞ、と話している。どうやらヤンキー時代のことを言っているらしい。十代の頃に家族に迷惑をかけた自責の念を未だに抱えているのか、と感心した。

十時をまわると、皆が部屋に引き上げ始めた。〝くさか〟の朝は早いのだ。

美羽は、ひとり居間に残ってスーツケースの整理を始めた。日本に帰っても気持ちは、まだエジプトにあった。カノポスの発見のことが、ずっと頭から離れない。

エジプトでは新発見が、必ずどこかである。古代エジプト初の階段ピラミッドがあるサッカラでは毎年何らかの発見があり、極彩色の棺が並ぶ貴族墓が発見されることもある。名もなき小さな彫像やレリーフの欠片であれば、エジプトのどこかで毎週のように発見されているかもしれない。

しかし、アマルナでの発見となると話が別だ。聖都アケトアテンはツタンカーメンの後に即位したホルエムヘブの時代になって徹底的に破壊され、アマルナの存在そのものが消された場所だ。長い年月の間に盗掘も繰り返されている。コンピューターグラフィックスによるアケトアテンの街や王宮の再現に取り組んでいる調査隊もあるが、ネフェルティティの胸像に匹敵するような大きな発見はない。

蘭子は黄金の厨子に入れられたカノポスを発見した。これで人物の特定や背景を解明できたなら、一躍エジプト考古学界で注目されることは間違いない。それだけアマルナでの発見は大変なことだ。

それにしても、なぜヘルモポリスの神々であるオグドアドが、アマルナで発見されたのだろう。オグドアドはアテン神とは相反する神々だ。

あの墓は誰のものなのか。そもそも墓だったのだろうか。何らかの儀式を行うための空間だったのではないか。

そして、何がカノポスのなかに納められているのか……？

オグドアド八神は、この世を誕生させ、この世が終わるときに復活する神とされている。この世の終わり……何か、嫌な予感がする。

美羽はスーツケースを片付け、今夜寝ることになっていた恵子の部屋へ向かおうとするが、まだシャワーすら浴びていなかったことに気付いた。恵子が言った砂漠の匂いがする、という言葉を思い出した。

風呂《ふろ》場へ向かい、服を脱いで湯船に浸《つ》かった。湯に浸かるのは久しぶりだ。エジプトでは、水は貴重だ。ほとんどがシャワーで、飲料にも使える水で風呂を焚《た》くのは最高の贅沢《ぜいたく》だ。

風呂から上がって、鏡に映る自分を見た。日焼けで顔と手が黒く、胴体が白い。みっともないと思うが、仕方がない。

「あ……」

美羽は、あることに気付いた。胸に赤く浮き出している痣《あざ》があったのだ。

それは十字の上に丸を載せた形だった。古代エジプトで〝生命〟を示す文字――

〝アンク〟だ。

つい先日まで分からないくらいに薄くなっていた胸のアンクの痣が、赤く浮き出している。

これは、いったい……？

恵子の部屋へ行くと布団が二つ敷いてあって、恵子はもう眠りについていた。

美羽は、そっと隣の布団に入った。布団のなかで暗闇を見つめる。

「胸のアンクは、〝案内人〟の印なのではないかね？」

エルシャリフ博士はそう言った。古代と現代を結ぶ案内人の印なのではないか、と。

二年前のあの出来事――

同期の講師が研究室で教授を殺害する凶行に及び、彼は屋上から飛び降りる刹那、美羽に言った。

「アンクのせいだ、あのアンクは呪われている……」

美羽はアンクの行方を追い、辿り着いたのは未知の遺跡から運び出された遺物、〝アンク〟だった。未知の遺跡があった場所はワディ・グール、アラビア語で〝怪物の棲《す》む谷〟という意味だ。

砂漠の果てに隠されていた未知の遺跡のなかには、驚くべき秘密があった。

遺跡の中心部、至聖所に残されていた黒いピラミッド。そのなかで、〝何か〟が眠っていた。

この現代で、古代神が眠っている場所があったのだ。

生ける古代神が……！

アンクを巡る旅のなかで美羽の胸には、アンクの印が付けられた。このことを知っているのは、エルシャリフ博士と数人だけだ。

今、アンクの印がざわめき始めている。二年前のアンクの呪いの時と同じなのか。それとも何かが起きる前兆なのか……。

美羽は、祈るようにアンクの痣がある胸へ手を置いた。

「お兄ちゃん買い物いくの？　お母さん、お父さんのアパートに行ったから、夕食何か買って来て」

玄関でスニーカーを履こうとしている小栗に、妹の詩織《しおり》が声を掛けてきた。

小栗はエジプトから帰ってから、千葉県の柏市《かしわ》にある実家で過ごしていた。父親は高校教師で、校長に就任してからは慣例で県内を転々とし、今は銚子《ちょうし》にいる。何事もなく無事に定年を迎えられたら、というのが口癖だった。

「ねえ、お兄ちゃん」

三つ違いの妹は、短大を出てマスコミ関係の仕事をしていた。都内でひとり暮らしを楽しんでいたが、昨年家に帰ってきた。リストラされたらしい。

「大学行くの？　どこ行くの？」

詩織は、小栗が家に帰ると甘えてくる。暇なのだ。

「どこだっていいだろう」

小栗は玄関を出て、自転車にまたがるとペダルを漕《こ》いだ。

街の花屋で花束を買って、また走った。路地を入ってゆくと、ふいに視界が広がった。霊園がある場所だった。

自転車を置いて、霊園のなかに入ってゆく。分譲された墓地で、きれいに区画されたなかに新しい墓石が並んでいた。小栗は迷わず歩いて行って、ある墓の前で止まった。

墓石には〝園田《そのだ》家之墓〟と刻まれていた。小栗は、花を立てて手を合わせた。

陽くん、と声を掛けられた。振り向くと、にこにこと微笑む女性が立っていた。

「おばさん、お久しぶりです」と、頭を下げる。

「命日、覚えててくれたの。ありがとうね。なんか、逞《たくま》しくなったねえ。またエジプト行ってたの？」

「はい」

女性は小栗を眩しそうに見つめて、うんうんと頷いた。高校の同級生だった園田大樹《だいき》の母親だった。持ってきた線香を焚いて花を供え、手を合わせる。

「大樹、陽くん、来たよ。エジプト行ってたんだって。もう、専門家なんだよ」

大樹は、小栗にとってかけがえのない親友だったが、もうこの世にいない。

高校に進学してサッカー部に入った小栗は、三ヶ月も経たずに退部を考えた。中学の時には自分はできると思っていたが、高校はレベルが違った。基礎トレーニングが辛《つら》い上に、全く使い物にならなくて落ち込む日々だった。

ある日、練習中にボールが左目に当たった。激痛が走り、病院に行くことになった。幸い大事には至らなかったが、看護師が大げさな絆創膏《ばんそうこう》を貼って眼帯を付けてくれた。目は三日もせずに治ったが、それからボールが怖くなった。小栗は眼帯をしたまま登校し、部活を休む理由にした。放課後は暇になったので、図書室で過ごした。図書室には、いつも同じグループの生徒がいたが、一人だけ離れて隣のクラスの生徒がいた。痩《や》せて色が白い少年だった。何度目かに顔を合わせた時、その少年が言った。

「君、怪我したの？　部活で？」

「うん、サッカー、もう辞めたいんだ」

「どうして？」

「ボールが、怖くて」

「サッカー、諦めるの？」

「もういいんだ」

「そっか」

「なに読んでるの？」

「古代エジプトの本だよ」

少年は、にっこりと微笑んで大きな本を小栗に見せた。小栗が初めて見た古代エジプトの本だった。表紙にはツタンカーメンとピラミッド、まわりには神々が飛び回っていた。

少年は園田大樹という名で、その日、古代エジプトがいかに謎に満ちているか日が落ちるまで語った。

小栗は大樹と遊ぶようになった。大樹は古代エジプトに詳しく様々な資料を持っていて、外国の調査隊のホームページまで知っていた。小栗は、古代エジプトに興味を持つようになり、二人は親友になった。

だが、二年生になった頃に大樹は入院した。患っていた癌が進行したという話だった。手術は三度行われたが、最後には再発した場所が手の届かない場所と聞いた。

何度も病院に見舞いに行ったが、行くたびに痩せ衰えて行く姿を見ることとなった。小栗が病室に行くと、大樹は古代エジプトの話をした。大樹のお気に入りは、ホルス神だった。

「隼の頭を持つホルスは最強、神話でも敵なし。お守りになっているウジャトの目って、ホルスの目なんだよ」

「そう、そうなんだ」

小栗は、ベッドで虚《うつ》ろに話す大樹を見ていると、とにかく哀しくなってぼろぼろと泣いた。

「なんだ、その目。どうしたんだ？　怪我でもしたのか」

「なんでもない、なんでもないよ」

小栗は目をこすった。それでも涙は溢《あふ》れる。

「おまえにやるよ。ホルスの目だ。これで最強だ」

大樹は手を伸ばして小栗の額に触れた。

「い、いや、いい、いい、いい。

「これで怖いものなんか何もない。何もないんだ」

大樹の手は、力なく額から落ちた。

「アキラ、諦めるなよ。怖いものなんかないんだ。死ぬことだってね」

それから一週間も経たずに大樹はこの世を去った。小栗は聖東大学に入学すると、古代西洋史を専攻し、古代エジプトを本格的に学ぶことにした。それが大樹に対する友情の証《あかし》のような気がした。

大樹の母親は、線香を上げて拝んでいる。小栗は、その丸い背中を見ていると、今でも胸が締め付けられる思いがした。

7

カノポスの発見から一ヶ月ほどが経ち、六月になって聖東大学にカノポスが運ばれて来ることになった。蘭子は搬送のために再びカイロへ飛び、搬入のチェックをし、同じ便で成田へ到着して入国の手続きを踏んだ。カノポスを運ぶトラックへ同乗する必要はなかったが、蘭子は率先してトラックへ乗り込んだ。カノポスは大学へ午後に到着する予定になっていた。

その日、美羽は朝一番で聖東大学へ向かっていた。美羽の専門はピラミッドが建造された古王国時代なので、アマルナの詳しい資料に目を通す必要があったのだ。

聖東大学近くのコーヒーチェーンでコーヒーをテイクアウトにして、大学へ続く並木道を歩いて行く。新緑が輝く朝の道を、一時限目の授業を受ける学生たちが足早に歩いていた。

この道を何年歩いているだろう……ふとノスタルジックな気分になった。

美羽の亡くなった父親は、聖東大学の准教授で古代エジプトを研究していた。小学生の頃には、この道を母親に連れられて歩き、中学の頃には一人で父親のいる研究棟を訪ねたものだ。学生の頃は、課題と論文に追われてあっという間に過ぎてしまった。あの頃の同期生は、誰も大学に残っていない。みんな、それぞれの道を歩いている。

キャンパスを行き、研究棟がある西側の庭を行く。庭には、パリにあるルーヴル美術館のガラスのピラミッドをモチーフにしたオブジェが飾られていたのだが、二年前の事件で壊されてからガラスが外された。今は四角錐《すい》の鉄骨だけが残されている。鉄骨には錆《さび》が赤く浮いていた。

美羽は研究棟の階段を上って行った。

三階の廊下を行くと、研究室だった部屋のドアには、『閉鎖中』という張り紙がされていた。美羽は奥の部屋のドア前まで行った。そこには『古代エジプト研究室』というプレートがあった。美羽は、ドアを開けた。

現在の古代エジプト研究室は、資料室だった部屋を作り替えたものだ。

大学の教授が殺害され、講師や研究員が負傷するという事件は、大学本体にも少なからず影響を及ぼした。古代エジプト研究室そのものを廃止する動きもあったが、秋には新しく教授が迎えられて少人数で再スタートした。しかしその教授も腰掛けだったために現在では数人の講師が細々と研究を続けていた。資料室の遺物は整理され、空いたスペースに机とパソコンが置かれている状態だった。

美羽は、部屋の奥に行って窓を開けた。

窓の近くには、二メートルを超える極彩色のミイラ型の棺が置かれていた。

〝カーラの棺〟だ。

研究室が大々的に発掘調査を行っていた一九八〇年代の発見で、古代の聖地サッカラで見つかった貴族の棺だった。棺には生前の面影を残す顔が描かれていて、ヒエログリフから〝カーラ〟という名の女性であることが分かっていた。棺に納められていたミイラは、損傷が大きかったためにサッカラの倉庫で眠っている。

父親を訪ねてこの部屋へ遊びに来ていた小学生の頃は、カーラの棺はとても不思議なものに思えて気に入っていた記憶がある。

美羽は、コーヒーを一口飲んだ。パソコンに向かってアマルナの資料を見始めた。しばらくすると、背後に気配を感じた。

研究員の誰かが来たのかと思って振り向いたが、風がカーテンを揺らしているだけだった。

カーラの棺が目に入った。

「カーラ……」

何となくカーラの名を口にして、パソコンに向かった。

英語の解説画面をスクロールして行くと、パソコン画面に人影が映った。

その影は、少女の姿に見えた。

美羽はぎょっとして立ち上がり、振り向いた。

やはり誰もいなかった。背筋に冷たいものが走る感覚があった。胸に手をやってシャツを握った。アンクの痣がある場所だった。

ドアが開いて、小栗と講師の増田哲也が入って来た。

「早いですね。おはようございます」

「日下先生。おはようさん」

賑やかな二人が入ってきて部屋の空気が明るくなり、美羽はほっとした。

「カノポスは少し早く大学に到着するそうだ。大学の受け入れ態勢は整えたが、CTスキャニングの機械の方は桐生先生が仕切っている。詳しい話は先生に聞いてくれ」

増田は、研究室で総務の役割を担っていた。カノポスを大学に運ぶに当たって、エジプト考古省との細かいやりとりを行っていた。

「桐生先生は何かコネでもあるんですか？　いろんな方を知っているみたいですね」

小栗が訊《き》いた。

「そうだなあ、発掘のスポンサーも連れてきているしな。学部の方にも寄付金があったらしい。根回しが得意なんだろうな。それで発掘も大成功だ。ああいうタイプがさっさと教授になるんだろうな。小栗、うまく取り入った方が、何かと都合がいいぞ」

二人がそんな話に興じていると、研究室の外が騒がしくなった。カノポスが運ばれてきたのだろう。美羽は廊下へ出た。

階段まで行くと、蘭子が美術品専門の運送会社のスタッフとともに上がって来るのが見えた。二メートルほどの木箱をスタッフが大勢で運んでいる。その後ろで堂本がハンディカメラを回していた。

「おう、久しぶり。いよいよお披露目だな」

「今部屋を開けるわ」

蘭子は、旧古代エジプト研究室の鍵を開け、ドアを全開にした。木箱がなかへと運ばれて行く。閉鎖された旧古代エジプト研究室は、机や空の本棚が壁際に積まれているだけで、ガランとしていた。木箱は部屋の真ん中に置かれた。

スタッフが手際よく外側の木枠を外して行くと、なかから発泡スチロールの箱が現れた。

さらに数人がかりで静かに箱が外されてゆく。そして、乳白色のオグドアドのカノポスが姿を現した。

初めてカノポスを目にした増田は、驚きの声を上げた。

「写真では見ていたが、これがオグドアドのカノポスか。凄いもんだな……」

「こうやって日本で見ると、かなりの迫力ですね」

五角形のカノポスを九体の神々が封印する姿は、得体の知れないオーラを放っているようにも見えた。

運送会社の専門のスタッフは、エジプトを出発する際に記録を取っていた。搬送が終わった段階で状態を見て異常がないことを確認し、蘭子の同意を取ると引き上げていった。

「セキュリティは、どうなっているんだ？」

堂本のその質問には、増田が答える。

「この部屋は、以前にも重要な遺物を置いてあったから、入り口にはきちんとしたロックがかかる。警備員は常に巡回をしているし、それに……」

増田が蘭子に目線を送ると、蘭子は話し始めた。

「実はわたしは今、奥の空き部屋で寝泊まりをしているの。恥ずかしい話だけど、京都から赴任したばかりでマンションにはまだ何もなくて。報告書に追われているから、ここの方が時間的にも便利なのよ」

「そうか。桐生先生も大変だな」

蘭子は、これからの段取りについて説明を始めた。来週にはＣＴスキャニングの機械の手配が付いているという。本格的な内部調査がいよいよ始まる。

運び込みが終わり、解散となった。全員が去って行き、蘭子はドアに鍵をかけた。

そして椅子に腰掛けると、いつまでもカノポスを眺めていた。

8

その日の夜。研究棟の三階の窓には、うっすらと明かりが点いていた。

カノポスが保管されている旧研究室では、蘭子がデスクライトひとつでパソコンに向かっていた。

ドアをノックする音がした。蘭子は腕時計を見る。夜の九時を過ぎていた。ドア前に行った。

「警備員さんですか？」

「しゅりだよー、差し入れ持ってきたー」

甘ったるい女性の声が聞こえた。意外な訪問者に驚いて鍵を外し、ドアを開けた。

「こんばんは、遅くまでご苦労さまぁ」

顔を出した珠璃は、笑顔でピースサインをして部屋に入って来た。差し入れでーす、とドーナッツの箱を差し出す。蘭子は受け取るが、訝《いぶか》しげな顔だ。

「どうしたの、こんな夜に」

「ちょっと通りかかったからー」

「通りかかった？」

「んな訳ないよなあ」と、言いながらドアを開けたのは、堂本だった。

蘭子は溜息をつく。

「お揃いね」

「どうしてもこれの中身が気になってね」

堂本は、カノポスを指差す。

「開封の儀」

「何？」

「実は、ＣＴスキャンの調査をインターネットでも生中継したら、盛り上がるんじゃないかって思ってるんですよ。地上波とネット、両方から攻めようってね」

「もちろん協力するわよ。今週末には、ＣＴスキャニングを扱っている業者から返事が来るから」

「その前にちょっとだけ、開けられないもんですかね？　なにせ、空っぽだったら洒落《しゃれ》になりませんからね」

「考古学にリスクはつきもの。いくら何年も発掘を続けても、何も発見がなかった事例なんてざらよ。それも含めての研究なのよ」

堂本は、チッと短い舌打ちをする。

「こっちはそういう訳にはいかないんだよ。今のご時世、ちょっとしくじると、あっという間に叩かれて飛ばされちまうんだ。だから何とかならないかって言ってるんだ」

蘭子は、笑顔で肩をすくめて見せる。

「わたしにはどうにも。そもそもこのカノポスは封印されてるから、壊さない限り開きませんし」

「ねえ、これどうなってるの？」

珠璃はカノポスを見ている。

「中心にあるのが知恵の神トート。オグドアドの八神は、そのトート神を中心に構成されているのよ」

「へえ、そうなんだ」と、トート神に手を伸ばした。

「あっ、勝手に触らないで」

蘭子がそう言った時にはもう遅かった。珠璃は、トート神の彫像を握った。

ガッ、と音がしてトートの彫像が動いた。

「えっ……」

続けてガッ、ガッと何度か音がした。鉄が擦れるような音だった。珠璃は驚いて飛び退いた。

蘭子はカノポスを凝視する。

オグドアドが変化していた。今まで背を向けて蓋を押さえていた五つの神々が、表を向いていた。

「珠璃ちゃん、あなた何をしたの？」

「何にも、何もしてないよ」

珠璃は何度も首を振る。

「これ、簡単に開くんじゃないか？」

堂本は五角形の蓋を開けようとするが、全く動かない。五つの神々は、がっちりと蓋を押さえている。いくつかの彫像を動かそうとするが、ビクともしない。

「なんだよ、まだ鍵が掛かっているのか」

蘭子は、ふふっと嬉しそうに笑った。

「これはからくりのようになっているのね……こんなカノポスは初めて。素晴らしいわ……」

蘭子は、トート神から順番に神々の彫像を指差して行く。

「オグドアドは八人の神。その中心にトート神がいる。全部で九人。八人の神は男女の神々が対になっている。混沌の神ヌン、ナウネト、原初の神アメン、アマウネト。闇を表すクク、カウケト。永遠の神フフ、ハウヘト、そのうち、五人の神が五つの面で蓋を支えている。蓋の上にいるのがフフ、ハウヘト、アメン。八人の神々はすべて対になっているはず……」

蘭子が呪文のように呟く。

「なぜ、アメン神だけが対にならずに上部に？　トート神の次は、アメン神？」

蘭子は確信してアメンの彫像を握る。ガッ、と音がしてアメン神の彫像が抜けた。

すると五体の彫像が、次々と外れて床に転がった。

最後にシュッ、と空気が抜けるような音がして、五角形の蓋が持ち上がった。

「開いた……」

珠璃が目を見張る。

「開いたのか！」

全員が固唾《かたず》を呑む。

最初に動いたのは堂本だった。カノポスの蓋を少し持ち上げ、なかを覗き見る。その途端、あっと短い悲鳴を上げた。

「なっ、生首だ！」

蘭子も蓋を持ち上げて内部を見た。そこにはミイラの首が納められていた。目を見開いて口を開けている。長い髪の毛がカノポスの内部に固まって張り付いていた。女性のように見えた。

内部には、女の生首が納められていたのだ。

「まずは撮影だ……」

堂本が鞄《かばん》からカメラを取り出そうとする。

「それは待って。公表はこのミイラが何者なのか判明してからよ」

蘭子は、走り寄ってその手を止めた。

「馬鹿を言うな。古代の生首なんて、どんだけ視聴率が跳ね上がると思ってんだ」

その時、ガン！　と、激しい音がした。驚いて振り向くと、カノポスの蓋が宙を飛び、床で転がった。

カサカサカサカサ――と、辺りを何かが這い回る音がした。

「なに、何の音？」

カサカサカサカサ――

部屋には、空の本棚や机が重ねて置いてあった。机の下をカサカサ、カサカサと、何かが這い回っている。

「まさか、ミイラの首が……？」

三人は、おそるおそる蓋が外れたカノポスを覗き込む。しかし、ミイラの首はそこにあった。

カサカサカサカサ、カサカサカサカサ、カサカサカサカサ――

「何がいるんだ？　どこだ？」

三人はあちらこちらを見回すが、どこにいるのか分からない。

「もう、嫌」

珠璃が叫んでドアに走る。しかし、蘭子はドアを背に立ち塞《ふさ》がった。

「何するの、どいて」

「だめよ。ドアを開けた瞬間、逃げ出したら取り返しがつかないことになる」

「珠璃、奥だ。奥の部屋だ」

堂本が、奥の部屋を覗いている。手を伸ばしてドアを閉めようとするが、部屋から〝何か〟が飛び出して机の下に逃げ込んだ。一瞬、その姿が見えた。

「なんだ、動物か？」

カサカサカサカサ――

蘭子は、ドアを背にじっとしている。堂本と珠璃は、身を寄せ合いながら辺りの様子を窺《うかが》っている。

カサカサカサ……ふと、静かになった。

「どこだ？」

「どこよ」

珠璃は怯えて堂本に縋《すが》っている。

「カノポスに戻った……？」

蘭子が言った。

堂本がカノポスのなかを確かめようと、ゆっくりと近づいて行く。カノポスのなかには……。

その時、珠璃の絶叫が部屋中に響いた。

珠璃の顔面には、何本もの触手を振り回す丸い体の〝何か〟が張り付いていた。唖然《あぜん》とする堂本の目の前で、〝何か〟は、珠璃の口をこじ開け、体内へ入ろうとしている。

珠璃は必死で触手を摑《つか》もうとするが、ぬるぬると滑って摑めない。〝何か〟は、丸い体をずるりと口のなかへと忍び込ませた。珠璃は目を見開いて、くぐもった絶叫を放つ。

〝何か〟は奥へ進んで珠璃の喉《のど》が大きく膨らんだ。触手も口のなかへと消えた。すっかり体に入り込むと、珠璃は手足をちぎれんばかりにばたつかせ、のたうち回った。そして、海老《えび》反《ぞ》りのように身体を反らせたかと思うと、がっくりと動かなくなった。

「珠璃……」

呆然としていた堂本がへたり込んだ。二人が見守るなか、珠璃はみるみるうちにミイラとなっていった。内側から精気を吸い取られているような印象だった。

「堂本さん、ここにいていいの？」

「え……」

「あなたと彼女の関係が警察に知れたら、立場がまずいんじゃない？」

「警察……」

堂本の顔から血の気が失せて行く。

「ここはわたしにまかせて」

「まかせるって……」堂本は、震えて蘭子を見上げる。

「さっさと立ち去れって言ってるのよ！」

「くっ……」

蘭子が怒鳴ると、堂本は部屋を出て行った。

蘭子はドアに鍵をかけた。

そして、動物を観察する科学者のような目で珠璃を見た。じっと見た。ミイラとなった珠璃の側に椅子を持ってくると、座って見つめ続けた。

やがて珠璃の口の間から触手が一本、辺りを探るように伸び、そしてもう一本伸びた。蘭子は微動だにせず、じっと見つめている。

すると、内側から口をこじ開けるように〝何か〟が這い出してきた。

丸い胴体から無数の触手が伸びている。触手の先は、爪があって二つに割れていた。体液のせいか、ぬらぬらと光っている。軟体動物のように見えた。

「あなたは、何？」

蘭子の問いに、〝何か〟は、触手を動かした。答えたように見えた。

「そう、素晴らしいわ……」

蘭子は目を輝かせた。

〝何か〟は、再び触手を動かし、何かを語ったように見えた。蘭子は大きく頷いた。

「いいわ……わたしのなかへ入りなさい、アテン……！」

次の瞬間、〝アテン神〟は、蘭子の顔面に飛びかかった。

第二章

失われたパピルス

1

〝くさか〟の朝は忙しい。朝食が終わると、店の仕込みが始まる。兄嫁の愛実は翔太を小学校まで送って行くというので、美羽が台所に立った。シンクには、一家五人分の朝食を終えた食器が山積みになっていた。

よしっと、腕まくりをして洗い物に取りかかったところで、テーブルのスマートフォンが震えた。画面には、『小栗研究員』と、表示されている。

手を拭《ふ》いてスマホに出ると、小栗は早口で捲《まく》し立てた。

美羽は、落ち着くように言った。

「朝来たら研究室に鍵《かぎ》が掛かっていて、増田さんが鍵を開けたんですよ。そうしたらカノポスがないんです。消えちゃったんです！」

「消えた？　どういうこと？」

一瞬、言っていることが理解できなかった。小栗の動揺が伝わってくる。

「桐生先生はどうしたの？　研究室に泊まり込んでるんでしょ？」

「それが、どこにもいなくて。増田さんも連絡を入れてるんですが、圏外なんですよ。どうしましょう」

すぐ研究室に行く、と言って通話を切った。急いで準備をして店を出ると、愛実に出くわした。

「あら美羽ちゃん、もう行くの？」

「洗い物、ごめん」

美羽は、それだけ言って駆けていった。

三十分も経たずに大学へ到着し、旧研究室のドアを開けた。ガランとした何もない部屋で、小栗と増田が項垂《うなだ》れて椅子に座っていた。

「日下先生……」

小栗が立ち上がる。

美羽は奥の部屋に行ってみるが、部屋にあったはずの桐生の荷物もなければ、パソコンも何もなかった。

「大学の事務局へ報告したんだが、早急に対応すべきという意見だった。今、警察に連絡を入れたよ」

増田がスマホを振った。

「警察……」

美羽は、呆然《ぼうぜん》としてしまった。

やがて警察官が研究棟を訪れ、事情聴取が始まった。古代エジプト研究室の関係者、研究棟に出入りしている講師や研究員にも聴取が行われた。

美羽と小栗、増田の三人は発掘に関係しているため、最寄りの所轄署へ移動することになった。三人がパトカーの後部座席に乗ると、自動ロックが掛かった。美羽は威圧を感じ、窃盗を疑われているのか、と思った。

所轄ではそれぞれの聴取が行われたが、午後になって意外な証言が浮かび上がってきた。

今朝早く、蘭子が小型トラックで大学を出ていることが分かったのだ。正門の警備員によると、蘭子は身分証をきちんと提示し、研究用の資材を積んでいると言ったので、積み荷の確認はしなかったという話だった。警察は、そのトラックの行方を押さえる手配をした。

国際的な美術品の盗難という展開であれば、文化庁や大使館も巻き込む問題に発展し、インターポールも乗り出してくることになる。今回の場合、発掘された遺物を大学が研究用にエジプト考古省から借用という形になっている。発見されたばかりなので、〝考古学的に重要な遺物〟ではあるが、被害総額の判断がつかないのだ。

いずれにせよ、エジプト考古省に連絡を入れなければならない。聴取が終わった美羽と小栗は、エジプト宛の書類の提出を増田にまかせて出口に向かった。

警察署を出ると、車のクラクションが鳴った。見ると、反対側の道路に停めてある車に堂本の姿があった。

美羽と小栗が車に近づいてゆく。

「堂本さんも呼ばれたんですか？」

「いいから乗ってくれ」

堂本が促すので、美羽と小栗は後部座席に乗り込んだ。堂本は運転席で前を向いたまま黙っている。サングラスで表情が分からない。

「堂本さん？」

堂本が口を開く。

「あのカノポスとかいう古代の入れ物は、本当は何なんだ？　何か隠していることがあるんじゃないか？　何なんだ、あれはいったい！」

堂本は、言葉を投げつけた。美羽と小栗は、意味が分からずに顔を見合わせる。

「何を言ってるの？」

「どうしたんですか？」

「だから、カノポスのなかに入っていたのは何だって訊《き》いてるんだよ！」

堂本は、乱暴に言い放った。

美羽も小栗も、驚いて口を閉ざした。

沈黙が流れると、堂本は長い溜息《ためいき》をついた。

「本当に知らないのか？　カノポスに入っていたものを……」

美羽が体を乗り出す。

「堂本さん、もしかしたら……カノポスのなかを見たの？」

「えっ、ＣＴ調査がもう行われたんですか？」

小栗が言うと、美羽は手を出して小栗を制した。

「何があったの？　話してくれない？」

美羽が諭すように言うと、堂本は大きく息をついた。

「そうだな……自分でも信じられないが……夢だと言われればそれまでだが……」

堂本は、ぽつりぽつりと昨夜の出来事を話し始めた。カノポスには女の生首が入っていて、一緒に納められていた得体の知れない蛸《たこ》みたいな化け物が珠璃を襲い、珠璃はミイラになった。自分はその場を逃げ出した、と。

「……珠璃は、みるみるうちに干涸《ひか》らびていって、死んじまったんだ。その化け物が精気を吸い取ったんだよ。蘭子はカノポスと珠璃の遺体を持ち去ったのさ！」

最後には吐き出すように言って、ハンドルを叩いた。

「そんな、まさか……蛸みたいな化け物なんて……」

小栗が言う。

「俺は見た。あれだ。墓のレリーフに描かれていたやつだ。アテンとかいう神。うす気味悪い化け物だ」

「アテン神？……そんな馬鹿な話……」

美羽は真顔だ。

「堂本さん、本当に見たのね？　その化け物を」

「ああ、俺の頭が正常ならな……」

「桐生先生は、どんな様子だったの？」

「あいつ、あんなものを見ても眉《まゆ》ひとつ動かさなかった。そうだ、蘭子は何か知っている。だからカノポスも持ち去ったんだ！」

「そう、そうだったの……」

美羽は、シートにもたれた。

「日下先生、信じるんですか？　こんな話」

小栗が小声で言うと、美羽が囁く。

「今の堂本さんに何を言っても無駄よ……」

堂本は、ブツブツと独り言を言っている。

「……カノポスがなくなったなら、番組はお蔵入りだ。責任問題か。俺は局内でどうなる？どこか地方に飛ばされるかもな……ふふ……」

と、最後は自嘲《じちよう》気味に笑った。

「堂本さん、何か分かったら連絡するわ。それでいいわね？」

「そうか、そうしてくれ……」

美羽と小栗が車を降りると、堂本は車のエンジンをかけて走り去った。

「ったく、堂本さん、どうかしてる……」

小栗が溜息をつく。

「それにしても桐生先生がカノポスを持ち出したなんて、未《いま》だに信じられません。こんなことになって、この調査はどうなるんですかね。あのアマルナの現場は、まだ周辺調査が終わっていないんですよ」

発掘調査が行われる場合、その周辺の発掘も行われる。遺跡はひとつだけではなく、周辺に付属施設が造られることが多いからだ。

「まだ見つけていない遺跡が眠っていたかもしれなかったけど、たぶん中止ね。でもこれでツタンカーメン研究が終わるわけではないわ。何か継続できる方法を考えて……」

小栗は、美羽を見つめている。

「小栗くん？」

あっと声を上げた。

「あの、前にもそんなセリフ聞いたような……」

「桐生先生は、ミイラが発見されたあとにこう言ったんです。『まだ見つけていない、これで終わりではない』って」

「それって……彼女は隠し部屋にカノポスが納められているって、知ってたってこと？」

「カノポスとは言っていませんでしたけど、他にも眠っている遺物があるのを知っていたような感じでした。でも、電磁波探査では空間しか確認できないわけですから、ミイラ以外に遺物があるなんて分かるはずないですよね」

「もしも、知っていたら？」

「え？」

「もしも小栗くんが、あの東の丘のどこかに古代の秘宝が眠っている、っていう情報を得ていたら？」

「ぼくがですか？　そうですね、東の丘と言っても広いですから、まず場所を特定しなきゃいけないですよね。電磁波探査機を使えたら、場所を特定できますね……あっ……」

美羽が頷《うなず》く。

「アケトのお告げなんかじゃなかった。彼女は、何らかの情報を得た上で探査を行ったのよ。だからミイラ以外に何かがあることを知っていた」

「でも、そんな情報どこで手に入れるんですか？　そんな宝の地図みたいなものある訳ないですよ」

「宝の地図？」

「まさか……」

「このツタンカーメン調査は、彼女が京南大学から持ち込んでいる。もしも計画的に事を運んでいるなら、京南大学がどんな経緯で研究を行っていたのか確かめる必要があるわ」

「そうですね。京南大へ行ってみましょう。何か分かるかもしれません」

二人は、駅に向かって歩いた。美羽は胸の高鳴りを感じていた。

カノポスのなかに潜んでいたもの。それは――

〝何か〟だ。

生ける古代神、アテン。

あのカノポスのなかには、アテン神が潜んでいたのだ。サハラの奥深くにあるグールの谷で、古代神が生きていたように。

しかし、エジプトの遥《はる》か砂漠の奥に眠る古代神とは訳が違う。カノポスのなかに潜んでいたアテン神は、この日本で、東京でどこかへ消えてしまったのだ。

2

京都駅のホームに流線型の新幹線《しんかんせん》が滑り込んできて、美羽と小栗がホームに立った。改札へ通じる通路からは、街並みのなかに佇《たたず》む五重塔が見えた。

駅前でタクシーに乗り込み、京南大学へ向かう。車は碁盤目状の道を行き、二条城《にじょうじょう》の脇を行った。京都という場所柄、由緒ある神社仏閣が目に入る。京南大学のすぐ近くにも立派な鳥居があった。

正門前にタクシーを止め、大学内に入って行く。京南大学の古代エジプトを研究している部署は、古代オリエント研究室内にあった。メソポタミアやギリシャに代表される地中海文明を扱う研究室だ。

近代的な研究棟に入って行くと、バビロニアの翼があるスフィンクスや、目の大きなシュメール人の彫像が置かれていた。もちろんレプリカなのだろう。ここで蘭子は、古代エジプト文明を研究していたのだ。

訪問の旨を告げてソファーで待っていると、研究員や講師たちの視線を感じた。

「もう警察から連絡が来ているんですかね？」

小栗が美羽に囁《ささや》く。

ドアが開いて、小柄で眼鏡をかけた女性が現れた。

「あの、聖東大学の方たちですよね？　電話でお話しした菅野《かんの》です。すみません、ここはちょっと……」

研究室の人々の視線を避けるように菅野が部屋を出たので、美羽たちも後に続いた。

菅野は校舎に入り、階段教室のドアを開けた。講義が終わった後らしく、空気が生暖かかった。

菅野は名刺を差し出した。菅野遥香《はるか》、古代オリエント研究室嘱託古代エジプト学講師という肩書きだった。

「警察の方から桐生先生の行く先を尋ねる連絡がありました。何か、問題でも起きたのですか？」

「詳しいことは話せませんが、わたしたちも桐生先生を探しているんです。心当たりはありますか？」

「それは分かりませんが……あの、お電話でアマルナの発見の経緯がお聞きになりたいと仰っていましたよね？」

「ええ、そうです」

「もしかしたら、柊《ひいらぎ》教授のことが関係しているかもしれません」

「柊教授？　昨年、亡くなられた柊教授ですか？」

遥香は頷く。

柊剛《つよし》教授はツタンカーメン研究では第一人者と言われている人物で、聖東大学との交流はないが、若い頃にパリのソルボンヌで学位を取った優秀な人物と聞いていた。

美羽はカイロで行われたシンポジウムで見かけたことがあった。ざわついている会場で壇上に登場するなり、静粛にするように英語で話しかけていた。細面で気むずかしい雰囲気の研究者だった記憶がある。昨年、エジプトで亡くなったという話だけは人伝《ひとづて》に聞いていた。

「アマルナの研究は、柊教授も関わっていたんですか？」

「はい。アマルナの研究については、柊教授と桐生先生が二人三脚で進めていました。他の者が立ち入ることはできない、教授と桐生先生の秘密のようなもので、かなり重要な研究なんだな、と思っていました。わたしは古代文字が専門なのですが、総務的な役割を行う人間が必要だったので、唯一アマルナの調査に参加できたんです」

「そうだったんですか……発掘場所になったアマルナの東の丘は、どのように決定されたのですか？」

「それは、最初から決められていました」

「最初からですか？」

「そうです。二人には確信がありました。でも、その根拠は提示されませんでした。なぜ、神殿や王宮近くではなく、荒涼とした丘の上なのか。エジプト側も納得しなかったので協議が行われ、やっと探査を行ったという経緯がありました。東の丘の根拠に繋《つな》がる研究は、わたしは見たことがありません」

「アケトのお告げ、っていう話はお聞きになったことはありますか？」

　小栗が言った。

「何ですか？　お告げ？」

　美羽と小栗は顔を見合わせる。やはりあの話は作り話だったのだろう。ならば、どのようにして発掘場所を特定したのか。

「電磁波探査は上手く行きました。本当に空間が存在したのです。でも、発掘は行われなかった……」

「桐生先生からは、予算を使い果たしたと聞きましたが？」

「いえ、予算のやりくりは上手くいっていたんです。発掘が行われなかったのは、柊教授がお亡くなりになったからです。それで調査は中断されたんです」

「……そうでしたか。柊教授が調査に関わっていたのなら、無理もない話です」

　遥香は、ええ……と歯切れの悪い相槌《あいづち》を打つ。

「何か、他にも問題があったのですか？」

「実は研究室内では、聖東大学はあまりよく思われていないんです。柊教授が亡くなって、桐生先生がアマルナの研究を持ち出して聖東大に移籍したという経緯がありましたから」

「アマルナの研究は、エルシャリフ博士を介して聖東大学に持ち込まれたのではないのですか？」

　小栗が言った。

「いいえ、桐生先生がお辞めになる段階では、研究室に権利がありました。それを独断で持ち出したのです」

「独断で？　そんなことができるんですか？」

「わたしも不思議に思いましたが、どうやら桐生先生を強力にバックアップをする方たちがおられたようなんです。いくつかの大手企業が関わっていると聞きました。その方たちが、大学内にも力を及ぼしたと思います」

　廊下から奇声が聞こえた。学生たちなのだろう、すぐに通り過ぎて行った。遥香は、少し廊下を気にする様子だったが、話し始める。

「調査が終わりに近づいた頃、柊教授の姿が見えなくなりました。一週間ほど経って王家の谷の西谷で、遺体で発見されたんです。発見されたのは切り立った崖下で、崖から足を滑らせて落ちたのではないか、という話でした。研究者以外は、あまり人が訪れる場所ではありませんから、発見が遅れたのです……」

　遥香は目を伏せた。

　ルクソールにある王家の谷は、東と西に二つの谷がある。ほとんどの墓は東側に集中していて、西谷にはツタンカーメンの祖父アメンヘテプ三世や、アイの墓など数基しか発見されていない。ツタンカーメン研究者であれば、誰もが西谷に興味を持ち、未発見王墓が隠されている可能性を考えるものだ。岩山の崖が続く整備もされていない荒涼とした谷で、足を滑らせると危険であることは間違いない。

「それだけではありません」

　遥香は、美羽と小栗の顔を交互に見た。そして、切り出すように話し始めた。

「実は、教授は殺されたという噂が立ったんです」

「殺された？　どういうことです？」

「葬儀の後、しばらくして研究室内でお別れ会が開かれたんです。その席に教授の娘さんが現れて、父親は殺されたと言うんです。それも犯人が桐生先生だと」

「桐生先生が？」

「はい。桐生先生が父親を殺して研究を盗んだと」

「娘さんは、どうしてそんなことを？」

「分かりません。その後、噂が広まって桐生先生は辞職なさったんです。その後です。聖東大学へ研究ごと移籍したのは」

「つまり、娘さんが言うとおり、研究は桐生先生のものになった、ということですか？」

遥香は頷いた。

「柊教授がいなくなった日はエジプトの金曜日、休日でした。わたしは宿舎で過ごしていました。その日は桐生先生の姿もなかった。夜になって帰ってきた桐生先生にお聞きしたところ、柊教授は電磁波探査が一段落したので、ルクソールの西谷を見に行ったと話しました。後になって、桐生先生も西谷へ行っていたのかもしれない、と思いました」

「そのことは警察に話しましたか？」

「いいえ、西谷へ行っていた確固たる証拠があるわけではありませんから……でも、研究は桐生先生のものになった……それ以来、ずっと気になっていたんです。柊教授は、わたしの憧れでした。その死が不穏なものなら、とてもやりきれません。娘さんは、もっと辛かったと思います……」

午後の日差しが教室内を照らしていた。時を知らせるチャイムが鳴った。

「柊教授の娘さんには、どこで会えますか？」

3

遥香が連絡を入れ、柊の娘が指定してきた場所は、彼女が通う高校の近くにある公園だった。娘の名前は一花《いちか》。柊は離婚をしていて、一花は母親の姓である相川《あいかわ》を名乗っているという話だった。

約束の時間に美羽と小栗が公園に到着すると、ベンチに制服姿の少女がいた。髪が長く知的な印象だった。美羽と小栗が近づいてゆくと、立ち上がってぺこりと頭を下げた。

「こんにちは。相川一花です」

美羽と小栗は、自己紹介をした。一花は渡された名刺を見ると、溜息をついた。

「なんだ、警察の人じゃないんだ。捜査が進展したのかと思った。やっぱり誰も信じてくれないんだ」

「東京の聖東大学の者なの。あなたのお父さまと同じ古代エジプトの研究をしているのよ」

「パパのことが訊きたいって、どういうことですか？」

「実は今、桐生先生の行方を捜しているの。それには、お父さんの研究が関係している可能性があるのよ。一花ちゃん、知っていることを話してくれない？」

「蘭子さん、行方不明なんですか？」

美羽が頷く。

「桐生先生がお父さまを殺したって、言っていたそうだけど……」

一花はベンチに座った。美羽が隣に座る。

公園には子供連れの母親のグループが訪れていて、滑り台やブランコで遊ぶ子供を見守っていた。子供の笑い声が聞こえている。

「蘭子さんがパパを殺した。研究を盗むために」

「いったい何があったんだ？」

「日下さんたちは、古代エジプトを研究している先生たちなんですよね？」

「そうよ」

「それなら見れば分かると思う。原因は、これ」

一花は制服のポケットからスマートフォンを取り出し、画面をタップして一枚の画像を表示させた。

「見せてくれる？」

美羽は、スマホを受け取って画像を見た。

それはパピルスだった。古代エジプトで使われていた古代の紙に、ヒエログリフや神の図が書かれているものだ。

画像はパソコン画面を撮影したものらしく、荒く、少し歪んでいたが、描かれている内容は確認できた。

オシリス神の前で最後の審判を受ける王の図が描かれ、アヌビス神が天秤の重さを量っている。脇には怪物アメミットが控え、オシリスの答えを待っているように見えた。その周りには、ヒエログリフが書かれている。いわゆる〝死者の書〟の図柄だった。

「このパピルスは、ツタンカーメン王墓から発見されたもので、パパは〝神の書〟って呼んでいた。このパピルスの研究を蘭子さんが盗んだの」

「ツタンカーメンのパピルスだって？　見ていいですか？」

小栗はスマホを手に取り、パピルスの画像を拡大した。古代象形文字のヒエログリフが並んでいるなかに、王の名を表すカルトゥーシュがあった。太陽、スカラベ、三本の線、半円が、楕円で囲まれているのが見えた。

「間違いない。ツタンカーメンのカルトゥーシュだ。ツタンカーメンのパピルスなんて、まさかそんな……」

美羽も、再び画像を確認する。

「そうね。ツタンカーメンのパピルスなんて、簡単には信じられないわね」

一花は、むっとした顔になる。

「どういうことですか？　わたしは、これはパパが大事にしていた研究だと思っていました。嘘なんかついていません」

「そうじゃないの。ツタンカーメンのパピルスが存在することに驚いたの。とても意外なものだったから」

「存在すること？」

「そう、ツタンカーメンには多くの謎があるけど、発見された秘宝のなかに〝パピルスがなかった〟っていう大きな謎があるの」

小栗が続ける。

「ツタンカーメン王墓から発見された遺物は二千点以上。でも、あるべきものがなかった。〝死者の書〟が納められていなかったんだ。だけど、それが今ここにある。これは幻と言われたパピルスということになるんだ」

埋葬された死者は、あの世で復活するためにミイラにされ、埋葬される。その時に冥界《めいかい》への手引き書として、パピルスの死者の書が納められるのだが、ツタンカーメンの場合、それが存在しない。あれだけの数の副葬品があるにもかかわらず、たった一枚のパピルスがないのだ。盗まれたのか、納められなかったのか。ならば、それはなぜか？　ツタンカーメンの死者の書は、エジプト考古学上の言わば伝説となっている。それが、〝神の書〟として、今ここにあるというのだ。

「一花ちゃん、このパピルスについて、知っていることを話してくれない？」

一花は頷く。

「この写真を撮ったのは、パパがエジプトへ行く前の日だった。パパとはランチの約束だったから、大学の研究室へ行ったの」

父親と月に一回は食事をする習慣があったが、柊が大学の研究で忙しくなると、大学を訪ねて行くこともあったらしい。

「研究室は楽しくて、なんか、異空間みたいで好きだった」

美羽は微笑む。

「わたしもそうだったのよ。父の研究室を訪ねて行くのが楽しみだったの」

「日下さんのパパも？」

「そう。考古学者だったの」

一花は、そうだったんですか、と言って微笑んだが、すぐに笑みは消えた。

「いつものようにパパがいる研究室を訪ねて行くと、声が聞こえたんです。蘭子さんでした」

一花が開いたドアから研究室を覗《のぞ》くと、研究室の奥で柊と蘭子が言い争っているのが見えた。

「調査はあくまでも確認のためだ。君たちの思いどおりにさせるわけにはいかない。古代の謎は謎のままにしておいた方がいいこともある。この発見は、恐ろしい結果しか生まない」

柊が詰め寄る蘭子に言った。

「研究を中止するわけには行きません。もしも中止しようというのなら、わたしが研究を進めます。どんな手を使ってでも」

「脅迫するつもりか？」

「どう受け取っても結構。もはや教授だけのものではないんです」

蘭子は、廊下へ向かった。そして、廊下で一花と出くわした。

「一花さん、お父さまは命に替えても研究は渡さないそうよ」

そう言い放って去って行った。

一花が研究室に入って行くと、柊は疲れた様子で肩を落としていた。

「パパ、大丈夫？」

「一花。古代エジプトには、解明してはならない謎がある。ツタンカーメンは、発見されて一世紀経とうとしているのに謎のままだ。わたしは、ツタンカーメンの謎は解いてはならないとさえ思うんだ。桐生くんは、踏み入ってはならない領域に入ろうとしている」

「踏み入ってはならない？」

「神々の領域だ」

柊はパソコンを指差した。画面には、古代のパピルスが映し出されていた。

「〝神の書〟だ。ツタンカーメン王墓に隠されていたものだ。決してこのパピルスを繙《ひもと》いてはならない……」

一花には理解できなかったが、何かよくない予感だけがあった。柊は研究室内にある給湯室へ行って顔を洗った。一花は、スマホでパソコン画面を撮影した——

「その後です。パパがエジプトで亡くなったと連絡が入ったのは。その時は、パパが死んだショックだけでしたが、大学のお別れ会に出席して蘭子さんに会った時、エジプトで何があったのか訊いたんです。そうしたら、蘭子さんは、まるで、まるで……勝ち誇ったように言ったんです」

——エジプトで何があったんですか？

——何も。わたしは真実のために行動しただけ。

「その時、思いました。この人がパパを殺したんだって」

美羽と小栗は、顔を見合わせた。蘭子が殺したという証拠は何もない。しかし、研究を持ち出したという事実はあるのだ。

「このことは警察にも話したんです。調べるとは言っていたけど、何の連絡もありません」

「そうだったの……」

蘭子が柊教授と秘密裏に進めていたのは、ツタンカーメンのパピルスの研究だった。そのことが原因で柊教授と蘭子は対立したのだ。

おそらくこのパピルスのどこかに、アマルナの東の丘が重要なポイントになることが書かれていたのだろう。その情報を元に電磁波探査を行い、場所を特定したのだ。

だが、その後になって柊教授は、発掘調査を中止しようとした。

なぜだ？　パピルスには、他にも秘密が隠されているのではないのか？

「一花ちゃん、このパピルスは、どこにあるのか知っているの？」

一花は首を振る。

「分かりません。パソコン画面を撮影しただけだから」

「ごめん、もう少し見せて貰って良いかな」

小栗が画像を拡大して見始めた。

美羽は考えを巡らせる。

ツタンカーメンに関連した遺物であれば、当然エジプト考古学博物館だ。博物館の地下倉庫には、公表されない遺物が眠っている。王墓が発見されたルクソールの倉庫にもツタンカーメンに関連した遺物が保管されている。

ツタンカーメン王墓が発見された当時は、アメリカのメトロポリタン美術館が協力していた。アメリカのどこか……いや、第二次世界大戦の混乱で、エジプトの秘宝はかなりヨーロッパに持ち出されている。ナチス・ドイツが台頭した頃、美術市場がかなり荒らされたのは有名な話だ。ベルリン博物館、それともロンドンにある大英博物館だろうか？

「日下先生、ここになにか写ってるんですけど」

小栗が、画面を見せて来た。

パピルスは誰かが手にしているものを撮影していて、見切れた部分に背景が写っていた。壁に絵が飾られているのだろうか、絵の一部が見えていた。丘の上に丸い屋根の建物が描かれている。油絵の一部のように見えた。

「これ、どこかで見たような……」

「サクレ・クール寺院？」

「あ、そうです。パリのモンマルトルの丘にあるサクレ・クール寺院です」

フランスのパリを訪れた者ならば、必ず目にするのがモンマルトルの丘だ。丘の頂上には、白い帽子のような屋根が並ぶサクレ・クール寺院がある。

「でも、絵だったら持ち運びができますから、どこに飾られているのか分かりませんよね。パリとは限らない」

「あの、パパは若い頃に、長くパリにいたことがあるんです。なんて言ったかな、大学です。

もしかしたら関係があるかも」

「ソルボンヌ大学ね。そこで学位を取ったって」

「パリ、ソルボンヌ大学。なるほど、繋《つな》がりましたね！」

小栗が手を合わせて唸った。

エジプトとフランスの関わりは深い。古代エジプト考古学は十八世紀、ナポレオンのエジプト遠征から始まった。知識人だったナポレオンは軍隊だけでなく学術調査団を帯同していた。調査団がまとめた歴史的な学術書〝エジプト誌〟によって、古代エジプトは初めて西欧へと紹介された。そのことは研究者だけではなく、世界中からトレジャー・ハンターを呼び寄せることにもなったが、古代エジプトの秘宝の流出を防ごうとしたのはフランス人の考古学者、マリエットだった。マリエットはエジプト考古学博物館の設立に尽力している。ヒエログリフを世界で初めて解読したのもフランス人だ。シャンポリオンは、ナポレオン軍が発見したロゼッタストーンの解読に成功し、そのおかげで今日、ヒエログリフを読むことができる。

「わたしもこのパピルスを解明したいと思ったんです。だけど、わたしなんかじゃ、とても手が届かなくて……日下先生、小栗先生、パパがどうして死ななければならなかったのか、その真相を突き止めてください。お願いします」

一花は、深く頭を下げた。

美羽たちは、スマホからタブレットへパピルスの画像をコピーして一花と別れ、公園を出た。振り向くと、一花がこちらを見つめ続けているのが見えた。

「これからどうしますか？」

美羽は考えるが、答えはひとつだった。

「行くしかないわね、パリまで」

4

パリのシャルル・ド・ゴール空港に到着した美羽と小栗は、チューブのなかを行くエスカレーターを移動していた。すれ違う人々が、ボンジュールと挨拶《あいさつ》をしてくる。まるでSF映画の未来都市に紛れ込んだような風景だった。

パリの中心街までは、シャトルバスで移動した。パリ中心部が近づくと、街は十九世紀の古き街並みへと変貌《へんぼう》する。バスの窓から見えるコンコルド広場には、クレオパトラの針と呼ばれる古代エジプトのオベリスクが聳《そび》えている。ルクソール神殿の塔門前にあったもので、一八三六年にムハンマド・アリからフランスへ寄贈されたものだ。

「サクレ・クール寺院が見えますよ」

古い街並みの向こうに、モンマルトルの丘の上に建つサクレ・クール寺院が小さく見えた。

このパリのどこかに、ツタンカーメンのパピルスが隠されているのだろうか?

シャトルバスは、オペラ座近くに到着した。美羽と小栗は、スーツケースを引きずって裏道に入って行く。そこに聖東大学がいつも使うビジネスホテルがあった。部屋は狭いがパリの中心にあって、移動が便利な場所にあるホテルだ。部屋に荷物を置き、早速ソルボンヌ大学へと向かった。

ソルボンヌ大学とは学会を通じて交流があったので、研究室の増田からレターを出して貰い、協力を取り付けることができた。ソルボンヌ大の古代エジプト研究員が対応してくれるということで、待ち合わせ場所に向かった。

ソルボンヌ大は学部ごとにパリ市内に点在している。待ち合わせた場所は、パリの中心部にあるパンテオン広場だった。ドーム型の屋根と列柱が印象的なパンテオンは、十八世紀に古い教会を造りかえた神殿で、今ではフランスの偉人たちが眠る霊廟《れいびょう》となっている。パンテオンの向かいが、ソルボンヌ大学の古代エジプト研究室がある建物だった。

タクシーを降りると、カメラを持った観光客を多く見かけた。ここはパリの中心、中世からの古い建造物が立ち並ぶ観光スポットだ。

「聖東大学の方たちですか？」

小柄なフランス人女性が駆け寄ってきた。黒いパーカーとジーンズ姿で、カトリーヌと名乗った。

「日本の方は久しぶりです。こちらにどうぞ」

カトリーヌは流暢《りゅうちょう》な英語を話した。

大学の建物は中世の建造物を利用しているもので、天井の高い王宮のような部屋にスフィンクスや彫像が並び、古い美術館のように見えた。研究室は新しく増築されていてカード式の鍵もあり、そこだけが近代的に思えた。

カトリーヌは一際大きな夫婦像を紹介した。カルナック神殿内にあるハトシェプスト女王のオベリスクの近くで発見された貴族の彫像だという。彫像は手を繋いでいる造りになっていて、夫婦愛を表現する珍しい彫像だと語った。

これではまるで大学の交流会だ。聖東大学からのレターには、柊教授の研究内容の紹介と書かれていたはずだが、話が替わってしまったのだろうか？

「あの、とても興味深いのですが……」

そう美羽が言いかけた時、カトリーヌ、と声を掛ける背の高い初老の男がいた。

「お待たせしました。ルグラン博士です」

ルグランは握手を求めてきた。丸い金縁眼鏡に口髭《ひげ》という風貌だった。

「ヒイラギ教授とは、何度か学会で顔を合わせたことがある。お亡くなりになったそうだね。残念だ」

よかった、話が通じている。美羽はほっとした。

「今日ここを訪ねたのは、柊教授がソルボンヌで研究員を務めていた頃の研究が知りたいのです。研究内容を紹介して頂くことはできますか？」

「もちろんだ。論文はデータで残されているからね。カトリーヌ」

カトリーヌは、ウィウィと歌うように返事をして、パソコンに向かった。しばらく画面に向かっていたが、首を傾げた。

「データが見当たらないのですが……すみません、お名前をもう一度お願いします。日本人のお名前は、わたしには珍しいので間違えたかも知れません」

ツヨシ・ヒイラギ、と小栗が言って、スペルをメモして渡した。カトリーヌは何度か検索を掛けるが、両手を広げて首を振った。

「なにか手違いがあったようだね。後日、改めて連絡を差し上げましょう」

研究データが失われているのか？　どういうことだろう？　まさか、消されたのだろうか……？

「ルグラン博士は、柊教授の研究内容を聞いたことはありませんか？」

「彼の学会での発表はどんなものだったか……確か、ツタンカーメンに関する研究だったような気がするが……」

「パピルスの話はご存じありませんか？　ツタンカーメン王墓から消えたパピルスの話です。柊教授は〝神の書〟と呼んでいました」

小栗が切り出した。

ルグランは、眼鏡のなかの目をきょとんとさせて笑い出した。

「ツタンカーメンのパピルスか。なるほど、なかなか面白い研究だ。そんな秘宝がこの世にあれば、と仮定しての話だがね」

ルグランは、小栗の肩を叩《たた》いた。失礼しました、と小栗は気まずい笑みを浮かべた。

「あの、この研究室に絵は飾ってありませんか？　パリの風景画です。モンマルトルの丘が描かれていて、絵の隅にはサクレ・クール寺院が描かれています」

美羽が言うと、カトリーヌは、風景画？　と言って少し考えていた。

「おお、それなら応接室にあるじゃないか。わたしの友人が描いたものだ」

あるのか！　美羽と小栗は顔を見合わせた。もしもあの絵があれば、パピルスはここで撮影されたことになる。

美羽たちは、ルグランに連れられて入り口近くまで行った。カトリーヌは、脇にあった応接室のドアをノックして、少し開けた。

「誰も使っていませんね。どうぞ」

美羽と小栗は、応接室へ入って行った。そして、部屋の壁を見た。

「これ、ですか……」

「どうだね？　素晴らしいだろう」

ルグランは、誇らしげに絵の脇に立った。

そこに飾られていた絵は、極端な抽象表現の現代絵画だった。山形の図形が厚く塗られて赤や白で色分けされ、どこが風景なのか、さっぱり分からない。もちろんサクレ・クール寺院など、見分けようもなかった。

「モンマルトルの丘らしいですけど、わたしは専門外です。絵のことはさっぱり分かりません」

カトリーヌは肩を竦《すく》めた。

美羽と小栗は、礼を言って大学を後にした。パンテオン広場に出ると、教会の鐘が鳴った。

二人は、セーヌ川沿いを歩いた。近くにノートルダム大聖堂が見えた。

「やっぱり、データは消されたんですかね。そうだとすれば、柊教授の研究はかなり重要だったことになりますよ」

「消されたとしたら、いったい誰に、何のために？　何の意味があるのかな？」

「他の研究者に取られないように、ですかね」

「ということは、やっぱりツタンカーメンのパピルスに関連した内容だったのかもしれないわね」

「これからどこを探せば良いんですかね。パリなんて広すぎますよ。データがなかったら行く当てもなし、か……」

「あるわよ」

美羽が指を差す。セーヌ川に架かったポンテザール橋を、人々が行き交っている。橋の向こうには、十三世紀に建てられた宮殿が見えた。

ルーヴル美術館だ。

「そうか、ルーヴルだ。世界最大級のエジプトコレクションがあるルーヴル美術館ですね」

「柊教授は、必ずルーヴルを訪れている。ツタンカーメンのパピルスに関連する何かがあるかもしれない」

「そうですね。観覧記録があるかもしれません。行ってみましょう」

博物館に直接行っても、門前払いだろう。美羽は、ルグラン博士に協力を要請することにした。ルーヴル博物館における柊教授の観覧記録を、日本人研究者に提供するように推薦状を書いていただけませんか、と。

カトリーヌが対応してくれたが、すぐに返事は貰えなかった。「あまり期待しないで」と言われた。

ホテルへ戻って待機することにした。カトリーヌから連絡が入ったのは、夜になってからだった。

「なぜ観覧記録を見る必要があるのか。研究に必要ならば聖東大学から正式に論文を添えて提出する必要がある。その後、審査に掛けられる。審査は三ヶ月後か、半年後になるだろう」という話だった。

体よく断られたわけだ。さて、どうするか。ルーヴル宮殿は堅固な要塞《ようさい》のように思えた。実際にそうなのだが。

——彼だ。彼の協力を得よう。

次の日の朝、美羽はエルシャリフ博士のオフィスへと連絡を入れた。しばらく待っていると、博士が電話口に出た。美羽は、ことの成り行きを話した。

「オグドアドのカノポスが行方不明になったことは聞いた。ドクター・キリュウが持ち出したそうだね。彼女の目的が伝説のツタンカーメンのパピルスに関係していると言うのだね。そして、そのパピルスがルーヴルに隠されていると？」

「あくまでも可能性です」

「ルーヴルの館長はわたしの友人だ。連絡を入れておこう」

「ありがとうございます。それと……」

「なんだね？」

美羽は迷ったが、話しておこうと思った。

「博士、オグドアドのカノポスには、ミイラの首が入っていたという目撃情報があります。それも女性だったという話です」

「女王のものかな？」

「カノポスには、名前の記述はありませんでした。それが誰なのかは分かりません。それとももうひとつ。実は、やっかいなものが絡んでいると考えています」

「やっかいなもの？」

「はい。カノポスには、〝何か〟が潜んでいた可能性があります」

エルシャリフは沈黙した。

「博士？」

「アマルナで発見されたカノポスであれば、アテン神が関係しているのだね？」

美羽は、堂本の目撃談を話した。女性の生首のミイラが納められていて、蛸のような得体の知れない怪物が潜んでいた、と。

「信じられないかもしれませんが、その〝何か〟は生きていた」

エルシャリフ博士は、ほう、と感嘆の声を上げた。喜んでいるようにも聞こえた。

「あくまでも目撃者による証言です」

「グールの谷には、何千年も時を経た今でもエジプトの古代神が眠っている。そうであるならアテン神も存在することになる。その話が事実だとすれば、ミイラの首が納められたカノポスをアテン神とともにドクター・キリュウは持ち去ったということになるね。アマルナの発掘と発見がツタンカーメンのパピルスによるものなら、彼女の目的もパピルスに辿《たど》り着けば解明されるだろう」

「その通りです」

「ミイラの正体は、誰だと思うのかな？」

美羽は、あの偉大なる王妃の名を口にしたかったが、今のところ根拠は何もない。

「それもいずれ分かるだろう。ルーヴルの方は手配しておく」

幸運を、と言ってエルシャリフは通話を切った。美羽も切った。

何か、嫌な予感が湧き上がっていた。


古代エジプトを学ぶ者は、必ずパリを訪れる。ルーヴル美術館のエジプトコレクションを見るためだ。

ルーヴル美術館は広大な宮殿を美術館に改装したもので、三十八万点という途方もない数の美術品が納められている。有名なのは、もちろんレオナルド・ダ・ヴィンチの〝モナ・リザ〟だ。

美羽と小栗はルーヴルの門をくぐり、敷地に入って行った。メイン・エントランスには巨大なガラスのピラミッドがある。高さ二十メートル、底辺三十五メートル、六百三枚の三角形のガラスがはめ込まれている。聖東大学の中庭にあるピラミッドは、このオブジェを真似たものだ。

しばらくすると、ピラミッド前にひとりの男が現れた。

「エルシャリフ博士から紹介がありました。わたしが案内をします」

男はオリビエと名乗った。ルーヴルでは事務職だという。声が低く、あまり口を開けないで話す英語は、少し聞き取りにくかった。冷たい目をしていたが、どことなく気品があった。

「こちらへ」

美羽たちは、ルーヴルの古代エジプト部門へと入っていった。アーチ形の通路には、パピルス柱やスフィンクス、神々の彫像が並んでいた。十九世紀のコレクターやマリエットに関わる遺物など、フランスとエジプトの関係のなかでもたらされたものだ。

「博物館館長へ直々に連絡があったそうです。日本の研究者と聞きましたが、どのようなお立場の方ですか？」

「立場ですか？」

「お若いようですが、教授なのですか？」

「ただの大学講師です。残念ですが」

オリビエは立ち止まった。

美羽は首を竦める。

「ここの古代エジプトの遺物は、未整理の秘宝です。限られた方しか入ることはできません。今回は特別ですよ」

オリビエは冷たく言い放って、階段を下りていった。その態度に美羽も小栗も苦笑してしまった。

地下に下りると、廊下にはいくつかの扉が並んでいた。オリビエは、そのひとつの扉の鍵を開け、ドアを開けた。

その部屋は天井までびっしりと棚があり、まるで貸金庫のように引き出しが並んでいた。

「ルーヴルの保管庫なんて、初めて入りました」

「わたしもよ」

「ツヨシ・ヒイラギ、でしたね」

オリビエは、タブレットをスライドさせて記録を確認する。番号をブツブツ唱え、ある引き出しを開けて長い箱を取り出した。

「それが〝神の書〟ですか？」

小栗が訊くと、オリビエは小栗をじっと見た。

「神の書？　何のことです？」

「ツタンカーメンのパピルスです」

オリビエは首を振る。

「内容は存じません。わたしは観覧記録にあった遺物をお見せするだけです」

オリビエは閲覧用のテーブルへ箱を置くと、パピルスだけでなく彫像や石灰岩レリーフなどの遺物も運んできた。

美羽は、ルーヴルの保管庫に納められた遺物に大いなる興味を引かれたが、今はパピルスに限定して見せて貰うように話した。オリビエは頷くこともなく、パピルスだけを並べ始めた。

柊教授が観覧していたパピルスは主に死者の書で、なかには最高のクオリティと称される大英博物館収蔵の死者の書に匹敵するものもあった。そんなパピルスが、ルーヴルの地下に眠っているのだ。一枚ずつパピルスを確認してゆくが、ツタンカーメンに関連したものを見つけることはできなかった。

オリビエが、腕時計を見る。

「なぜ、ヒイラギ教授の研究が注目されているのです？　何か理由でも？」

小栗は、自分たちの研究の参考にと、歯切れの悪い返答をしてしまった。

「では、もうよろしいでしょう。お引き取り下さい」

5

オペラ座近くのホテルに戻った美羽と小栗は、ロビーのソファーに座った。

二人とも黙り込んでいた。午後七時を過ぎているが、パリの日は長く、外はまだ明るかった。

美羽には、それがまだ休む時間ではないと言われているように思えた。

日本に帰ろうか、どうするか。エジプトへ行くか。エジプト考古学博物館の地下倉庫を捜してみるか。しかし観覧記録など存在しないだろう。山ほどの未整理の遺物のなかから捜し出すしかない。あるのかどうかも分からない。

「帰国ですかね」

小栗がぽつりと言った。

「帰っても、何も解決しないわ」

「そうですけど……」

美羽は、溜息をつく。

「そうね。明日、帰国便のチケットを手配しましょう」

二人はエレベーターへと向かった。その時、入り口の回転ドアが回って男が入ってくるのが見えた。オリビエだった。

「ムッシュ・オリビエ。なぜここに？」

オリビエはソファーに座り、煙草に火を付けた。

「ルーヴルでの今日の仕事は終わった。ここへはプライベートで来た」

オリビエは、じっと見据えるように美羽を見つめる。ルーヴルでの態度とは明らかに違っていた。

美羽たちもソファーに座った。

「なぜヒイラギ教授が観覧したパピルスを捜している？　理由を話してくれないか？　わたしを信用するなら」

美羽は思った。信用しろ、ということか。彼は何か知っている。

「分かりました。わたしたちは、エジプトのアマルナで発掘調査を行っていました。そこで発見された遺物があるのですが……」

美羽は、消えたカノポスの話をした。生首のミイラや甦ったアテン神のことは話さなかったが、幻と言われているツタンカーメンのパピルスが存在し、柊教授と桐生蘭子という研究者が、パピルスから情報を得て発見に辿り着いたと考えている、と。

オリビエは、ゆっくりと煙を吐き出した。

「なぜ、ツタンカーメンのパピルスが存在すると考えている？」

「柊教授が画像を持っていた。これよ」

美羽は、タブレットを取り出して画像を表示させた。一花のスマートフォンからコピーしたものだ。

「そうか。これを見たのか」

オリビエがさらりと言ったので、二人は驚いた。

「このパピルスが何処にあるか、知っているんですか？」

小栗が、思わず身を乗り出した。

「少しドライブしよう」

オリビエは、煙草を灰皿で消した。


ホテルを出ると、オリビエは車のリモコンキイを押した。キュッと音がして、石畳の道路に並んでいた一台の車のランプが光った。シトロエンの高級車だった。オリビエに促されて車に乗り込んだ。

「何処へ行くのですか？」

「お城さ」

「お城？」

「目隠しをしろとは言わない」

オリビエはエンジンを掛け、車を走らせた。

パリ市街を抜けてセーヌ川を越えると、街はオレンジ色の煉瓦《れんが》の街へと変わった。やがて見えてきたのは、あの城だった。

「ヴェルサイユ宮殿……」

窓外には広大なバロック建築の傑作、ルイ十四世が建てたヴェルサイユ宮殿が見えた。

「ここなんですか？」

「ヴェルサイユは、日本ではアニメや漫画で有名だそうだな。ここではない。もう少し走ろう」

オリビエは宮殿の脇を抜けると、田園地帯へとハンドルを切った。スピードを上げて行く。田園地帯はひたすら続いた。

やがて車は街に入って行った。煉瓦造りの古い街並みが続いている。道の標識を見ると、〝Orléans〟と書かれていた。

「オルレアン？　ロワール川沿いの街ね」

パリの南西にある街だ。ロワール地方のどこかに向かっているのか……。

車は街を通り過ぎて、また田園地帯を走った。時計を見ると、九時を回っていた。パリを出て二時間も走っている。フランスの長い日が、西に傾きかけていた。

「もうすぐだ。着いたら乾杯でもしよう。とびきりのワインをご馳走するよ」

ロワール川を横目に、車は再び街に入っていた。それこそ日本のアニメに出てくるような、白い美しい建物が並ぶ街だった。

「ようこそ、アンボワーズの街へ」

オリビエが運転する車は、アンボワーズ城の近くにある館のなかへ入っていった。昔は貴族の館だったのだろうか、庭には薔薇《ばら》園があった。

館へ入ると、メイドが迎えてくれた。

「お帰りなさいませ」

「シベール、お客様をご案内してくれ」

「あのお部屋でございますか？」

「そうだ」

「畏《かしこ》まりました。どうぞこちらへ」

美羽は、本物のメイドというのを初めて見た。黒い服にエプロン姿だが、かなり年配だった。

絵画に登場するような雰囲気があった。

美羽たちが案内された部屋は、美術品が納められた部屋だった。エジプトやギリシャ、ローマの秘宝はすぐに分かったが、他にも中世騎士の鎧《よろい》、ルネッサンス風の油絵や、イコンらしき絵画もあった。テーブルの上には中国の壺《つぼ》、ビスク・ドールというのだろうか、リアルなアンティーク人形もあった。

「あれを見て下さい」

美羽が振り向くと、壁に貴族の正装をした男性の肖像画が飾ってあった。背景にはモンマルトルの丘が描かれていて、丘の上には丸い屋根の建物がある。

「サクレ・クール寺院……」

「ここだ、パピルスはここで撮影されたんだ」

小栗が興奮した声で言った。

「それは、わたしの祖先だ」

声がする方を見ると、オリビエが立っていた。背後からメイドが車椅子を押して部屋に入ってきた。車椅子には年老いた女性が座っていて、その震える手にはワイングラスがあった。

「あいつらは、行ったかい？　この地までやって来るなんて、あいつらはパリだけでは飽き足らないのよ。アンボワーズ城も破壊するし、宝も持ち去ろうとする。今のうちに運び出すのよ。ほら、あんたも手伝いなさい。盗まれないように城から運び出すのよ。まったく、恐ろしいったらありゃしない！」

彼女は、ぶるぶると震える手でワインを飲んだ。

「オリビエ、さっさと運び出すのよ」

メイドがワインとチーズを運んで来てテーブルに置くと、車椅子を押して部屋を出て行った。

「祖母だ。ときおりナチスが侵攻してきた戦時下の記憶が甦るらしい。今日は機嫌がいい。わたしの名前を覚えていたからね」

オリビエは、グラスにワインを注いで美羽と小栗にすすめた。二人は受け取って一口飲んだ。芳醇《ほうじゅん》な香りが、ぱっと口に広がるワインだった。

「うちの工場で作ったものだ。わたしの父は、美術品よりもワイン造りの方が性に合っているらしい。今この家の美術品を管理するのは、わたしだ。祖母は、三年ほど前から認知症が進んでね。わたしが引き継いだ。ここにあるのは、この家がまだ爵位を持っていた頃に集めたものだ。いや、もっと昔から伝えられたものだ。フランス王国の残り香のようなものだ」

オリビエは、煙草に火を付けた。

「祖母とヒイラギは、交流があってね。ヒイラギが若い頃にルーヴルで出会ったらしい。祖母は、ここにある秘宝の鑑定をヒイラギに依頼したんだ。まじめな男だったな。日本人はバカンスの習慣がないと言っていた。本当なのか？」

「そうね。日本人のビジネスマンが一ヶ月休んだら、たぶんみんなおかしくなると思う」

面白いジョークだ、と、オリビエは笑ってワインに口を付けた。

「ヒイラギは、家の倉庫で古代エジプトのパピルスを見つけた。そう、ツタンカーメンのパピルスだ。彼は本物と言ったよ。パピルスのなかに、よからぬことが書かれているとも言った」

「よからぬこと？」

「詳しいことは分からない。知る必要もない。どれほどの値打ちがあるのか。それだけだ。彼は死んだそうだな。いいか、このパピルスのことは秘密だ。誰にも言うな。このパピルスの存在が世に知れたら、とんでもない連中が飛んで来る事になる。まあ、その前にルーヴルが高値で買ってくれるかもしれないけどな」

「まさか、売る気ですか？」

小栗が声を荒らげた。

「ルーヴルが保管してくれるなら、その方が安全だろう」

「そ、それもそうですね」

小栗は、ワインを飲む。オリビエが苦笑する。

「秘密は守ります。見せて貰えますか？　ツタンカーメンのパピルス、〝神の書〟を」

美羽が言った。

「君たちに見せるのは、彼の弔いのためだ」

テーブルの上には、一メートルほどの長い木箱が置かれた。オリビエが、別室から持ってきたものだ。箱は、細い紐《ひも》でくくられていた。

美羽は白手袋を塡《は》め、箱を手にした。箱には文字が書かれていた。

〝Howard Carter〟

「カーターのサインですね」

ツタンカーメン王墓を発見した考古学者、ハワード・カーターのサインだった。

やはりこのパピルスは、カーターがツタンカーメン王墓から運び出したのだろうか？　そして、何らかの理由があって闇へ消えていったのか。

カーターは『ツタンカーメン、その影は動く』と、発掘記のなかで記している。動く影とは、失われたパピルスのことだったのだろうか？

美羽はオリビエの顔を見た。オリビエが頷く。

「開けるよ」

小栗の喉《のど》が鳴った。

紐を外して箱を開けると、丸められたパピルスと一緒に、メモ書きが入っていた。

美羽は、メモを見た。英語で書かれていた。

「〝一九四七年、個人所有者より購入〟。それ以外の記載はない」

「パリがナチスから解放されて間もなくですね」

「第二次大戦が終わってパリが解放され、ナチスが運び出した遺物を取り戻そうと、混乱していた時期ね。柊教授が見つけなかったら、今でもここで眠り続けていたのかもしれない」

美羽は慎重にパピルスを取り出し、テーブルへ広げた。大きさは幅が五十センチ、長さが一メートルほどだろうか。伝説のパピルスが、目の前に現れた。

一花の画像は不鮮明だったが、パピルスは色鮮やかなものだった。

冥界の神オシリスの前には、少年の面影を残したツタンカーメン王が佇み、アヌビス神が天秤《てんびん》で心臓と真実の羽根マアトの重さを量っている図だ。

「やっぱり普通の死者の書にしか見えませんが、どこかに秘密が隠されているんでしょうか？」

「探しましょう」

美羽と小栗は、審判の図の周りに書かれているヒエログリフを指先で追って読んでゆく。簡単に読めるものではない。かなりの時間がかかった。オリビエは椅子に腰掛け、煙草を燻《くゆ》らせながらその様子を眺めている。

小栗が顔を上げ、溜息をついた。

「何か分かりましたか？」

美羽も顔を上げた。

「ざっと目を通しただけだけど、神々を讃《たた》えるヒエログリフよ。特別な記述は見つけられなかった」

「そうですね……」

二人は、パピルスを前にして立ち尽くしてしまった。

「ハラス？」

終わりか？　とオリビエがアラビア語で言った。

「レッサ」

まだよ、とアラビア語で答えて、美羽はパピルスを裏返した。

「先生、パピルスの裏書きなんて聞いたこと……」

あっと、小栗が声を上げた。

「そうでもないみたいね」

パピルスの裏には、墨のような素材で図形が描かれていた。

「これは……」

『神殿』を表すヒエログリフが描かれていて、神殿から右へ線が走っていた。線の先には『太陽神ラー』を表すヒエログリフがあり、線の途中には、『アケト』と『神が眠る墓』を表すヒエログリフがあった。

「アケトの神の墓は、神殿と太陽の間にある、という記述だわ。これをアマルナに当てはめれば墓の場所は東の丘。オグドアドのカノポスが埋められていた場所、ということになる」

「驚きました……桐生先生は、これをもとに電磁波探査を行ったんですね。なるほど〝神の書〟ですね」

「もうひとつ図形がある」

その隣には、不思議な図形が描かれていた。

五芒星《ごぼうせい》のなかに三角形があり、中心に心臓を表すカルトゥーシュ、〝イブ〟があった。

「星……ピラミッド……心臓……ですかね？　何を表しているんでしょう？」

「この記述は？」

図形の脇には、数行のヒエログリフが書かれていた。

「千年の時を超え、アテンは甦《よみがえ》る……」

美羽は、ヒエログリフを読もうと試みるが文字は小さく、またところどころ掠《かす》れていた。

「これを使うといい」

オリビエがスタンドルーペをセッティングした。

「ありがとう」

レンズのなかに、拡大されたヒエログリフが映った。美羽と小栗が覗《のぞ》き込む。

千年の時を超え、アテンは甦る。
訪れたるアテン。大勢であり唯一である。
五芒星のなかのピラミッド。王へ聖なる心臓を捧《ささ》げよ。
王は復活し、アケトアテンを再興する。
恐れよ、ヘルモポリスの封印が解かれた時、
オグドアドが再び破壊をもたらすだろう。

「『千年の時を超え、アテンは甦る』……つまりこれはアテン神官が書いたものなんですかね。アケトアテンが崩壊して、ツタンカーメンの時代になって、失われたアテン神信仰がやがて甦るようにと……」

「うん……」

小栗の推測に美羽は相槌を打つが、違うと思った。

これは、堂本が遭遇したアテン神のことだ。封印されたアテン神がやがて甦ることを書いているのだ。

「『訪れたるアテン。大勢であり唯一である』というのは……」

「王妃ネフェルティティの名前は〝訪れたる美女〟という意味がある。ここに書かれている『訪れたるアテン』というのを重ねて考えると、アテン神がネフェルティティと共にエジプトへやって来た、ということかもしれない」

「大勢であり、唯一……一神教のアテン神は、古代には多く存在したっていうことでしょうか？　つまり、信仰が広まってゆくことを書いた」

考古学的にはそうかも知れないが……アテン神は、古代ネフェルティティと共にエジプトにやって来た。そして、王家の人々に寄生していった、という意味ではないのか？

「『五芒星のなかのピラミッド。王へ聖なる心臓を捧げよ』。これはこの図形のことですよね。ヒエログリフの〝イブ〟は心臓という意味がありますから。ここに書かれている王がツタンカーメンだとすれば、ツタンカーメンのミイラに心臓を捧げよ、という意味になります」

「そうね」

美羽は、腰に手を当てて小栗を見た。

「心臓ね」

「はい、心臓です」

「ツタンカーメンのミイラには……」

小栗も美羽を見た。そして、二人は声を揃えて言った。

「心臓がない」

ミイラ作りで重要なのは、古代エジプトの言葉で〝イブ〟、心臓だ。古代人は、心臓は重要な役割を果たしていると知っていた。ミイラにする際は、内臓は取り出してカノポスに納めるが、心臓は体に戻すのが慣習だった。死者は永遠の命を得るために、オシリス神の前で最後の審判を受ける。その際に天秤に載せられるのが心臓だ。そのために、ミイラには心臓を残さなければならない。

だが、ツタンカーメンのミイラには、心臓が残されていないのだ。

「『王は復活し、アケトアテンを再興する』……つまり、ツタンカーメンのミイラへ心臓を戻すと、ツタンカーメンは復活してアケトアテンを復活させる、という意味でしょうね。アテン神官の願いですね」

「『心臓を捧げよ』と、いうことは、ツタンカーメンの心臓が何処かに存在するっていうことかもしれない」

「何処かに、ですか？」

「あくまでも、古代の記述に則った推測よ」

「そうですよね……」

美羽は考える。

柊教授はこのパピルスを発見し、書かれていることを証明するために東の丘を調査した。京南大学が電磁波探査を行った根拠だ。そして、空間を発見した。

桐生蘭子がカノポスを持ち去ったのは、ここに書かれているツタンカーメンの復活の儀式を行うためなのではないのか？　柊教授は、儀式の方法を解明したのかもしれない。彼の論文や研究が盗まれたとしたら、蘭子は儀式の方法を手に入れていることになる。

美羽は腕を組んで部屋を歩き、グラスを手にしてワインを飲んだ。

そのためには、失われた心臓が必要だ。だが、ツタンカーメンの心臓の在処は書かれていない……。

「恐れよ、ヘルモポリスの封印が解かれた時、オグドアドが再び破壊をもたらすだろう……〝ヘルモポリスの封印〟って、なんでしょう？」

「分からないけど、オグドアドが関係しているのかも」

「オグドアドが再び破壊をもたらす……この破壊とは、ホルエムヘブの破壊活動のことではないでしょうか？」

「アケトアテンの破壊のこと？」

「そうです、壁画を削ったり、建物を破壊してアテン神の痕跡を消したんです」

美羽は頷いた。

古代、アテン神と古くからの神々は対立していた。アクエンアテン王は、弾圧まで行ってアテン神信仰を広めようとした。だからこそ、ホルエムヘブの時代になって破壊が行われた。

だが、古代神は実在するという前提で考えれば、〝破壊の神〟が実在するということになる。

アケトアテンの街は、押し潰《つぶ》されたように根こそぎ破壊されている。古代、アケトアテンの都は〝破壊の神〟によって壊滅した。このパピルスは、そう語っているのではないのか？

『オグドアドが再び破壊をもたらすだろう』

蘭子が心臓を探し出して儀式を実行し、ツタンカーメンが復活すると、破壊の神が訪れる。柊教授は、それで調査を中断したのだろうか？　蘭子は人が立ち入ってはならない領域、神々の領域に踏み込んでいる、ということなのか？

ツタンカーメン復活の儀式の場には、〝破壊の神〟が訪れるのか……！

「日下先生、どうしたんですか？　ぼんやりして」

美羽は、我に返って首を振った。

「何でもないわ」

美羽は、ワインを飲み干してテーブルに置いた。その手が少し震えていた。

「もう一杯、飲むかい？」

オリビエが言った。

「日下先生、桐生先生がカノポスを持ち出したのは、もしかしたらツタンカーメン復活の儀式を行うためじゃないですか？」

「えっ……」

「でも、何のためですか？　研究のため？　柊教授を殺して研究を手に入れたという疑惑まであります。そうまでして行おうとする理由は何ですか？」

小栗は空を仰ぐ。

「千年の時を超え、アテンは甦る……」

そして、美羽を見た。

「まさかとは思いますが、堂本さんは本当にアテン神の姿を見たんじゃないですか？」

6

関日テレビのスタジオには、ピラミッドやツタンカーメンの美術セットが組まれ、番組収録の準備が進められていた。スーツ姿の司会者はMC席でマイクのテスト、スタジオカメラは司会者をモニターに映し出し、スタッフが忙しそうに行き交っている。

堂本がスタジオのフロアに置かれたディレクターズチェアに座り、その様子を満足そうに眺めている。

「いいねえ、上手くいってるじゃねえか」

にんまりと笑顔になる。

「棺《ひつぎ》、入りまーす」と、スタジオ内に声が聞こえて、古代エジプトの棺を担いだ男たちがスタジオに入って来た。エジプト人の発掘チームだった。

堂本は驚いた。

「なんだ、棺って。そんな話聞いてないぞ」

ＡＤ、何やってんだ、と首に付けたインカムのマイクに話すが、相手は何も言わない。

エジプト人スタッフは、セット脇に棺を下ろした。それはアマルナで発見された黒い棺だった。

「どうなってるんだ……」

その時、あることを思い出した。

「珠璃は、どこだ……?」

そう言った瞬間、スタジオ内を行き交う人々の動きが止まり、無表情に棺を見つめた。動いているのはエジプト人チームだけで、棺の蓋に手を掛けて開けようとしていた。

「おい、やめろ」

堂本が椅子から立って棺に走り寄る。

「棺、開きまーす」と、スタジオ内に声が響いた。

棺の蓋が持ち上がった瞬間、堂本は、ひっ、と顔を背けて目を閉じた。スタジオ内に悲鳴が上がるかと思ったが、凍り付いたように静かだった。

堂本は、目を開けて棺のなかを覗き込む。

棺のなかに納められていたのは、綺麗《きれい》なままの珠璃だった。目を閉じて眠っているように見えた。堂本が情けない顔になる。

「珠璃、すまなかったな……」

珠璃の目が、かっと開いた。

「堂本さんのせいだからね!」

堂本が跳ね起きた。壁に何台もモニターがはめ込まれている薄暗い部屋だった。モニターには、商品を前にリアクションをする演歌歌手が映し出されている。

ここは局内の地下にあるビデオ編集室で、テレビショッピングの編集作業を眺めているうちにソファーで眠ってしまったのだ。尤《もっと》も、作業はＡＤと編集オペレーターが進めるので、堂本はすることもなかった。オペレーターの隣にいたＡＤが振り向いて堂本を見たが、気に留めずに仕事を進めた。顔に触れると、汗だくだった。

カノポスが行方不明になった次の日、局長に呼び出されて状況の説明を求められた。堂本は撮影した映像で成り立たせると話したが、肝心の発見されたカノポスが行方不明で警察沙汰《ざた》になっている限り、番組の成立は難しかった。番組はお蔵入り、堂本はＢＳのテレビショッピングを担当するように言い渡された。ゴールデンタイムからＢＳのショッピング番組への異動は、明らかな左遷だった。

編集室を出て洗面所へ行き、顔を洗った。鏡に映る濡《ぬ》れた顔には、虚《うつ》ろな目があった。

あの夜から、ぐっすりと眠ることができない。目を閉じると、珠璃の死に顔が浮かんでくる。ミイラになった顔で、堂本に何かを訴えるように迫ってくる。やっと眠っても悪夢に魘《うな》された。

あれから二週間が経つが、警察からは何の連絡もない。聖東大学の連中もぷっつりだ。局内では、まるでエジプトの企画なんか、なかったかのように日常が動いている。

……おかしいじゃないか。珠璃は死んでいるはずなのに、何の報道もされない。珠璃の事務所に連絡を入れてみたが、一身上の都合で休んでいるという話だった。ただ、それだけだ。いったいどうなっているんだ？

あの蛸みたいな化け物は、アテンとかいう神か。三千三百年前から現代にやって来たのか。スクープ、いいネタになるじゃないか。いや、得体の知れない化け物だ。どうやって扱うんだ？　蘭子だ、桐生蘭子。あの女は妙に冷静だった。何か知っているに違いない……。

備え付けのペーパータオルで顔を拭き、洗面所を出た。自動販売機コーナーへ行って缶コーヒーを買い、一気に飲んだ。冷たい甘さが妙に心地よかった。

そもそもこのエジプトの企画は、どうやって始まったんだ？

企画が動き始めたのは三ヶ月前、俺がディレクター兼プロデューサーに抜擢《ばってき》された。バラエティ番組で、お笑いタレントの機嫌取りに辟易《へきえき》していた俺は舞い上がった。この特番で結果を出し、一気に巻き返してやろう、そう思った。

制作部に降りてきた段階で、企画内容は固まっていた。企画書にあった桐生蘭子へ連絡を入れ、ロケの段取りを組めばそれでよかった。いつもの技術チーム、珠璃を連れて行く。それで良かった。楽勝のはずだったんだが……。

この企画を持ち込んだのは蘭子か、それともどこか大手代理店が噛んでいるのか、スポンサーはどこなんだ？　いつもはそんな会社的なことは気にしないが、今回は別だ。

堂本は、エレベーターホールに向かった。

ホールの壁には、ベタベタと放送中の番組ポスターが貼ってあり、〝三冠達成！〟〝高視聴率ばく進！〟などと手書きした紙が貼り付けてあった。ポスターの女性アナウンサーの笑顔を眺めている間にエレベーターが到着した。

堂本が降りたのは、五階の営業部だった。ラフな格好が多い制作部とは違って、きっちりとスーツを着こなしたビジネスマンが行き交っている。広いフロアの奥で、若い女性社員と話している男がいた。堂本と同期入社、営業部長の佐久間《さくま》だ。身体を鍛えるのが趣味で、スーツを着ていても大胸筋が盛り上がっているのが分かった。

「佐久間」

堂本が声を掛けると、佐久間が振り向いた。髪だけではなく、眉毛もきれいに整えられている。

「なんだ、堂本か。珍しいな」

「ちょっと通りかかってね。テレビショッピングのディレクターは暇なもんでね」

どーもー、と明るい声を上げて女子社員が去ると、佐久間は急に不機嫌な顔になった。

制作部に配属されていた頃は全く使えないポンコツだったが、営業に移ってからは人が変わったように頭角を現し、今や部長職だ。人の才能というものは、どこにあるか分からない。

「BSへ異動になったらしいな。どうせまた好き勝手やらかしたんだろう」

「まあ、いろいろあってな。ちょっと企画の経緯が知りたいんだ。営業には細かい資料があるだろう。エジプトかツタンカーメンに関連した企画書はないか、見てくれないか？」

「エジプト？　最近は聞いてないな」

そう言って佐久間はノートパソコンを起動させ、データを見て行く。

「今年のラインナップにはないな。来年度じゃないか？」

「いや、そんな筈《はず》はない。現に俺が担当してエジプトへ行ってきた」

へえ、そうなのか、と佐久間は再びパソコン画面を動かした。

「エジプトねえ。キャバクラのお姉ちゃんでも連れてったんじゃねえかぁ？」

夕陽がきれいだな、こっちこいよ、なーんて言ってな……などと厭味《いやみ》なことを言っているうちに、何か見つけたらしい。手が止まって画面を黙読している。ほう、と声を上げた。

「あったのか？」

佐久間はパソコン画面を堂本に向けた。

そこには『エジプト文化事案。ツタンカーメン調査』というタイトルがあった。取締役や常務の名が連なり、大手企業の名が並んでいた。

「今動いているエジプトに関連したものだったら、この文化事業だな」

「文化事業？」

「投資だよ。いくつかのスポンサーを取りまとめて出資させて、成果があったなら番組にする。医学物のドキュメンタリーなんかは、このパターンだな。エジプトなら大学の発掘にでも投資したんだろう。このご時世に贅沢《ぜいたく》な話じゃないか。しかし芸能バラエティ専門のお前が、なんでこんな文化事業なんか担当していたんだ？」

佐久間は、首を傾げて何か考える様子を見せた。

「エジプト、そうか……」

佐久間は再びパソコンを弄《いじ》り、あるページで手が止まると、顔色が変わった。

「なんだ？」

堂本が画面を覗き込む。

『総合統括』という欄に『キャップストーン』という名前があった。

「キャップストーン？　知っているのか？」

「いや、知らんよ」と、パソコンを閉じた。

「悪いが、俺はこれから重要な会議があってな。まあ少しの間の辛抱だ。すぐにゴールデン枠に戻れるさ。余計な詮索《せんさく》なんかしないで、大人しくしていることだな」

佐久間はパソコンを抱えると、席を立って出口へ無かった。まるで関わりたくないような印象だった。

堂本は営業部を出ると、再びエレベーターに乗って地下に向かった。

編集室のドアを開けると、スタッフは誰もいなかった。モニターの演歌歌手は、笑い顔でフリーズしたままだ。昼の十二時を過ぎている。食事にでも行ったのだろう。テーブルの上には、番組で紹介するサプリメントの瓶と、ノートパソコンが置いてあった。

堂本は入社して十八年になる。ずっと制作畑を這《は》い回って生きて来た。気が小さい分、鼻が利く。何か、もやっとした感覚があった。

「キャップストーン……」

堂本はノートパソコンに向かい、グーグルを立ち上げた。

〝キャップストーン〟で検索をかけると、最初にヒットしたのはキャップストーンそのものの説明だった。

古代エジプトでは、完成したピラミッドの頂上に四角錐《すい》の石を設置する。それがキャップストーンだ。ベンベンという永遠の意味を持つ石として、太陽神の魂が宿るとされている。いくつかのピラミッドのキャップストーンは発見されているが、ギザにあるクフ王の大ピラミッドのキャップストーンは、失われたままである――

カイロの博物館だろうか、目玉のようなものが描かれた黒光りする四角錐の石の写真が添えられていた。そういえば、ギザのピラミッドの頂上部分が欠けていたなと、妙に納得してさらに検索をかけた。

キャップストーンという企業はいくつか存在した。ＩＴ企業、人材派遣会社、デザイン会社と、名前が同じだけでおよそ関係がない企業が検索にかかった。そんななか、『財団法人キャップストーン』というホームページがあった。

これか、と思い、クリックして行く。

画面に登場したのは、黄金のピラミッドが中心に据えられ、若い男女数人が笑顔で空を見つめているイメージのページだった。スクロールすると、キャップストーンが未来を創造する理念のようなものが書かれていた。関係する企業は記載されずに、問い合わせのメールアドレスだけが載っていた。どこか怪しげな新興宗教のように見えた。

堂本はページを離れて、詳しい情報を探した。そして、ある記事のタイトルに目が留まった。

「殺人事件？」

その記事はスクープ専門週刊誌のウェブ版のもので、二年前の聖東大学で起きた殺人事件を扱っていた。画面には、『政界』『癒着』『殺人』など、あざとく目を引く文字が並んでいた。

「聖東大学、古代エジプト研究室……」

聖東大学で殺人事件が起きたのは、堂本も知っていた。スキャンダルで解雇になった講師が研究室内で暴れて教授を殺害したというものだ。その後、研究室は存続が危うくなり、梃入《てこい》れのために京都の大学から蘭子が招かれたと聞いていた。堂本にとっては大学内の人事など興味のないものだったが、それがキャップストーンがらみであれば話が違ってくる。

内容は週刊誌特有の暴露記事のようなものだった。被害者となった高城達雄《たかぎたつお》教授が、当時の文部科学大臣の新稲隆《にいなたかし》と癒着していたのではないかというもので、二人を結びつけるのが、〝キャップストーン〟だった。記事はこのようなものだった。

高城達雄は石油を牛耳る一族のひとりで、日本の大学に古代エジプト学が導入されて間もない頃に一族の協力を得て財団を立ち上げ、資金を集めて発掘調査に乗り出した。それが〝キャップストーン〟だ。八十年代には好景気も手伝って、キャップストーンは巨大化していった。発掘も成果を挙げ、高城は大学内での地位を手に入れていった。そして今やキャップストーンは、様々な企業や政治家のブラックボックスになっている可能性があるという。その証拠に、日本の考古学界のトップを争う時期に、キャップストーンのメンバーである新稲大臣と高城教授が頻繁に会食している姿が目撃されている。二人の間に、何らかの癒着があったのではないのだろうか――

新稲大臣と言えば、確か二年前にセクハラスキャンダルで政界を去っている。もはや過去の人物だ。

高城教授の殺害事件、新稲大臣の辞任。そして今度は、聖東大学の発掘調査で発見された謎の遺物が行方不明、それも単なる遺物ではない。黄金のカノポス、そのなかには……。

どういうことだ？　かなりきな臭いじゃないか。

末尾に記事を書いたライターの名前が載っていた。〝ジミー広瀬《ひろせ》〟とあった。

夜の新橋《しんばし》駅前は、ぎらつくネオンの看板が立ち並んでいた。山手線《やまのて》のガードをくぐって烏森《からすもり》口《ぐち》にある古い雑居ビルに入ってゆくと、昭和にタイムスリップしたようなレトロな店が並んでいた。

週刊誌に問い合わせ、ライターの広瀬に連絡を取ると、今夜は新橋にいるという。

指定された店は、地下にある焼鳥屋だった。ビルの空調が昔のままなのだろう。辺りの空気が煙っていた。

店に入ると、サラリーマンでごった返す店の奥のテーブルで、ひとり酒を飲んでいる男がいた。堂本にはそれが広瀬であることがすぐに分かった。フリーライターという職業は、みんな似た空気を纏《まと》っている。人の影を追っているせいだろうか。新聞記者だった堂本の父親も、同じような雰囲気を持っていた。

「広瀬さんですか？」

「堂本さん？」

「いいすか、ここ」

「どうぞ」

広瀬は柔らかな口調で椅子を勧めた。きちんとスーツを着ていたが、耳が半分欠けていた。一重瞼《まぶた》の目付きは鋭い。若い頃は、かなりのやんちゃだったのかも知れない。堂本は運ばれてきた焼酎《しょうちゅう》に口を付け、話し始めた。

「広瀬さん、あんたの二年前の記事が面白くて、ちょいと連絡を差し上げた次第なんです」

「へえ、どのあたりが面白かったんですか？」

「殺された高城教授について書かれていましたよね。高城教授がどうやって資金を集めて発掘をしていたか。その辺りに興味を持ちましてね」

広瀬は、口元を緩ませた。

「キャップストーン、ですね？　しかし堂本さん、あなたはテレビ局の人だ。言わばピラミッドの中にいる人間が、キャップストーンを嗅《か》ぎ回っていいんですか？」

「ピラミッドの頂上に取り付けるのが、キャップストーンらしいじゃないですか。ピラミッドのなかにいると、頂上が見えないもんなんですよ。それでまあ、外から眺めてみたくなってね」

「そういうものですか」

広瀬は、コップを傾けた。堂本がどう出るか窺《うかが》っているようだった。堂本はじっと待った。

「出たんですね、お宝が」

広瀬がぽつりと言った。

ドキリとした。知っているのか。どこまで知っているんだ？

「ツタンカーメン調査のことかな？」

思わず口を滑らせた。広瀬の目が光る。

「ツタンカーメン？　面白そうな話ですね。聞かせていただけますか？」

なんだ、はったりか。どうもこういう駆け引きは苦手だ。面倒だ。正面から話そう。

「エジプトでちょっと変わった古代のものが出たんだよ。その発掘にはキャップストーンが絡んでいるらしい。それで、キャップストーンについて聞きたいんだ」

堂本は焼酎を流し込んだ。

広瀬は軽く笑って、裏がない人だな、と呟《つぶや》いた。

「キャップストーンには、あなたが住んでいるテレビ局の会長やら取締役やらが大勢メンバーとして出入りしていたんですよ。テレビ局には大企業のスポンサーが何社もついている。広告費って名目で、何十、何百億って金が動いている。バブルの頃は、その金で散々エジプト特番が作られた。一本にかける金も物凄《ものすご》かったらしい。その制作費がどういうふうに流れていたのかは、藪《やぶ》のなか、キャップストーンのなかだ」

「昔の伝説的な特番の話は未だに聞くよ。天井なしの予算だったそうだ。しかし、二十年以上も昔の話だ」

「だから面白いと思ったんですよ。最近は聞かないと思っていたら、バブル期みたいにエジプトの発掘に投資していたんですよね。いったいどんなものが出たんですか？」

広瀬が堂本の顔を覗き込む。堂本は言葉に詰まった。どこまで話せばいいものか。まさか、ミイラの生首が入った遺物が発見されて古代の化け物が甦った、などと話せるはずがない。

「黄金だよ」

「ほう、マスクですか？」

「カノポスとかいう内臓入れだ。ところが、大学の研究室から消えちまったんだよ。関わっていた大学の先生も行方不明。いったいどうなっているのかさっぱりだ。あんた、少しは詳しいんだろう？　何か心当たりはないのか？」

広瀬は、消えたんですか……と言って半分欠けた耳朶《みみたぶ》を弄った。

「キャップストーンの実態は、どうにもつかめなくてね。二年前、別の角度から切り崩してみようと思ったんですよ」

「あの記事のことかい？」

「俺は高城教授と新稲大臣の癒着ならイケるとふんでいた。キャップストーンのメンバーは、こうやって地位と名誉をお金でやりとりしているんですよ、と。ところがちょうど記事を書いていた頃、大学で殺人事件が起きた。そして、新稲大臣はセクハラスキャンダルで失脚だ。どうにもタイミングが良すぎる」

「キャップストーンが動いたとでも？」

「さあ、すべて憶測、推測ですよ。裏なんか取れるもんじゃありません。ただ、必然が偶然を生み出すなんてことも、あるんでしょうね」

広瀬はふと、宙を見つめた。

「堂本さん、あんた余計なところに首を突っ込んでるのかも知れませんよ」

堂本の鳩尾《みぞおち》がきゅっとなり、とっさに作り笑顔になる。

「なんだよ、余計なところって」

「ツタンカーメンの発掘にキャップストーンが一枚嚙んでいるとしたら、いったい何が目的なんでしょうね？　まさか文化事業とも思えない。それに……」

「なんです？」

「キャップストーンは、日本の財界だけじゃない。外国のお金持ちメンバーも多い。一ドル札を知っているでしょう？」

「一ドル札……」

堂本は、財布を見た。つい最近までエジプトにいたので、財布にはエジプトポンドと一緒にドル紙幣が数枚残っていた。そのなかに一ドル札があった。

表にはアメリカ合衆国初代大統領ジョージ・ワシントンの肖像がある。そして裏には、ピラミッドが描かれていた。十三段のピラミッドの頂上部分が宙に浮いていて、目が描かれている。

「これは……」

「そう、キャップストーンですよ」

一ドル紙幣のキャップストーンは、後光が差すように光り輝いていた。ホームページにあったキャップストーンのイメージとどこか似ていた。

「しかし、これは昔からいろいろな団体や、秘密結社のシンボルと言われているじゃないか。日本のキャップストーンとは別物だろう」

思わず声が大きくなる。広瀬は、薄笑いを浮かべた。

「その通り。昔から言われていたんですよ」

堂本の背筋が寒くなった。キャップストーンは昔から存在した。そうか、高城教授が始めた時には、古くからのキャップストーンの後ろ盾があったということか。

店のなかにいたサラリーマンたちの威勢の良い笑い声が、やたらと耳に響いた。彼らの会社も、どこかで関わっているのかも知れない。

「まあ、俺も無力な小市民なんでね。組織だの陰謀だのは、血の気の多い連中にまかせて、最近はゴシップ専門ですよ。今や不倫スキャンダルの方が、よっぽど高く売れるもんですからね。こう見えて小学生の息子がいるんでね。女房の方はさっさと暗殺してもらいたいくらいだが。

せいぜい気をつけるんですね」

堂本はコップに残っていた焼酎を呷《あお》り、ふうと息を吐いた。

「いや、大丈夫さ。バラエティ専門のテレビ屋の俺が、なぜ硬派なドキュメンタリー専門のディレクターを差し置いてエジプト特番をまかせられたのか。今分かったよ」

「なぜですか?」

「雑魚《ざこ》だからさ」

広瀬は、楽しそうに笑った。

「なるほど。都合良く使えるってわけですか」

「ところが、雑魚は雑魚なりに餌に食いつくもんさ。釣り上げられても食わずに逃がしてくれるからな。広瀬さん、キャップストーンの本部は、どこにあるのか知っているかい?」

「どこにあるかですって?　おかしな人だね。東京のど真んなかにあるじゃないですか」

「ど真んなか?」

7

堂本が、天に向かって聳える五十二階建てのビルを見上げている。場所は東京の虎《とら》ノ門《もん》だった。

「このビルが、キャップストーンのビルだったとはね……」

通称〝ピラミッド・タワー〟と呼ばれる虎ノ門ビルは、十年ほど前に建てられた高層ビルだ。

ペントハウスの部分に四角錐のデザインがあしらわれていて、〝ピラミッド・タワー〟と呼ばれるようになった。

「後ろは霞《かすみ》が関《せき》、財務省。国会議事堂は目と鼻の先か……」

ぶるっと身震いをした。それが武者震いだということにして、ピラミッド・タワーへ入っていった。

広い吹き抜けのロビーには、大理石で造られた巨大なピラミッドが置かれていた。単なるオブジェとして見れば、なんの変哲もないものだが、財界の中心にあるものとして見ると、どこか不気味に思えた。

高級スーツにブランド時計を付けたビジネスマンが、あちこちで外国人と談笑している。誰もが話し方や仕草に自信が窺える。かなりの高収入なのだろう。

ビルのプレートを見るが、キャップストーンという名前はどこにもなかった。しかし、財閥系を中心に石油会社や大手建設会社が名を連ねていた。支社、分室という名目では、日本の産業を牛耳る名だたる企業が並んでいて、政治団体や弁護士事務所までが入っていた。

ロビーにあるカフェテリアに入ってコーヒーを頼んだ。一杯千八百円で、香ばしいクッキーが添えられていた。

まさか蘭子が現れる筈はない、と思いながらもスマホを弄るふりをして、出入りする人々の写真を撮った。

「堂本さま。ようこそおいで下さいました」

すぐ後ろで声がして、心臓が跳ね上がった。振り向くと、笑みを湛《たた》えたスーツ姿の美女が佇んでいた。どこかの局の女性アナウンサーに似ていると思った。

「桐生先生がお待ちでございます」

「なんだよ、筒抜けか……」

「こちらへどうぞ」

溜息をついて立ち上がると、受付の裏にあるエレベーターホールへと案内された。エレベーターが到着すると、美女は四十九階のボタンを押し、頭を下げて堂本を送り出した。高層階直通のエレベーターだった。

扉が閉まって上昇を始めると、緊張が高まってくるのが分かった。磨き込まれたステンレスの扉に、無精髭の強《こわ》ばった顔が映っていた。無理に笑顔を作っているうちに、ポン、と到着を知らせる音が鳴ってドアが開いた。

目の前には長い廊下があった。サーモンピンクの壁に淡く光るアクリル板がはめ込まれた廊下で、ずっと奥まで続いていた。

堂本は歩いて行った。キャップストーンのシンボルだろうか、壁には、金色の三角形が一定間隔ではめ込まれていた。

しばらく行くと、開いたドア前にスーツ姿の美女がいた。先ほどの美女に似ていると思った。顔に貼り付けた笑顔がそっくりなのだ。

「こちらでございます」

美女は、笑顔のまま優雅な仕草で、どうぞ、と促した。嫌な予感がしたが、部屋へ足を踏み入れた。

部屋は、広い会議室のようだった。楕円《だえん》のテーブルの向こうに、椅子に座った後ろ姿の人物がいた。窓外に見える東京を眺めているように見えた。

堂本はゆっくりと歩み寄った。

「桐生先生、なのか？」

低い音がして、窓にシャッターが下りていった。部屋が暗くなって、暖色系の明かりだけになった。

回転椅子が回って、座っている人物がこちらを向いた。堂本は息を呑《の》んだ。

蘭子だった。しかしその姿は、異様に変わっていた。

顔全体が長くなり、手足も長く伸びたように見えた。まるで三千三百年前の古代アマルナ美術の姿に変身したように思えた。

奇妙なのは頭部だった。フードを被《かぶ》っていたが、後頭部が盛り上がっているのが分かった。その身体は、黒いコートで隠されていた。

「おい、どうなっちまったんだ……」

蘭子の口が、まるで音を立てて裂けるようにつり上がってゆく。笑ったのだ。ゾッとする笑顔だった。

「とっても面白いことになったのよ」

「あの化け物は、どこに行ったんだ……」

蘭子は人差し指を立て、ピストルのようにこめかみに持って行き、指先を当てた。ここにいる、と言うように。

「アテン神っていうのはね、寄生虫のように脳味噌《のうみそ》に入り込んで住み着くみたいなの。人間と融合するのね。アマルナの彫像は頭部が妙に長いでしょう？　そこが彼らの住処なのよ。古代、神々はほんとうに存在したのよ。わたし自身がその証拠」

堂本は、暑くもないのに吹き出てくる汗を拭《ぬぐ》った。

「大丈夫なのか、そんなになっちまって……」

蘭子は、目を閉じてゆっくりと息を吸って吐いた。

「むしろ爽快《そうかい》よ。いちばん気持ちがいいのは、こうやって目を閉じると、古代の風景が見えるの。わたしのなかにいるアテンが見たものを、わたしが見ることができる……」

「あ、あの首のなかにいたのか？」

「そう、あの首の正体は……」

ウフフと、蘭子は楽しそうに笑った。

「注目すべきは、彼らは高度な知性を持っていて、いろいろなことを教えてくれるのよ。わたしのなかにいるアテンは、野望があるらしくてね。どうやら気が合いそうなの。こういう経験もなかなかできないものよ。学者冥利《みょうり》に尽きるわ」

「しゅ、珠璃は、どうなったんだ？」

「ああ、そうだったわね。あなたと彼女は特別な関係だった。ごめんなさいね。アテン神は長い間閉じ込められていたからお腹が空《す》いていたらしくて。そのまま彼女のなかにいても良かったんでしょうけど、あまり相性が良くなかったのよ。心配しなくていいわ。彼女には、また会えるから」

堂本は、何度も頷きながら後ずさりした。

「そうか、そうなんだ。ところで俺はそろそろ引き上げようと思うんだが……。大丈夫だ。あんたがここにいることは、決して誰にも漏らさない」

蘭子は軽く舌打ちをして指を振った。長い指だった。

「折角ここまで来たんだから、腹をくくりなさい。会社でもあまり望まないポジションに異動になったでしょう？　ここの上の階にいらっしゃる方たちとお友だちになれば、あっという間に元に戻れるのよ。それどころか、もっと上を目指せる。決して損はしないわ」

「そうか、そいつはありがたいな。このまま帰るのも、失礼か……」

堂本は震え、自分でも情けない声を出しているのが分かった。本能は激しく警鐘を鳴らしていたが、蘭子には抗《あらが》えない迫力があった。

「これからある計画を実行しなければならないんだけど、お手伝い願える？　これはお願いよ」

蘭子がゆっくりと椅子から立ち上ると、天井に届きそうなほどの背丈だった。堂本は、怪物のようなその姿を見上げ、心のなかで悲鳴を上げた。

「スポンサーを紹介するわ」


ペントハウス直通のエレベーターを降りると、薄暗い廊下があった。ホテルのように扉が並んでいる。

堂本は、蘭子の後を歩いて行った。壁に連なる照明が小さな松明《たいまつ》のように見えた。蘭子は、頭を屈《かが》めながら長い手足を動かしていた。何かの動物のように思えた。

いくつかの扉が開いていて、部屋のなかが見えた。

部屋は高級ホテルのような造りで調度品があり、部屋によってはベッドに横たわる老人の姿が見えた。他の部屋の内部も見えたが、老人たちはチューブと電極だらけの姿か、車椅子で呆然としているかで、もうすぐ訪れる死を待つばかりのように思えた。

「この階はキャップストーンメンバー専用の介護施設なのか？」

「彼らは〝永遠の家〟と呼んでいるわ」

「財界を引退したキャップストーンのＶＩＰたちが、旅立ちのために最高のサービスを受けているってわけだ」

「いいえ、彼らは誰ひとりとして旅立つつもりなんかないのよ」

「死ぬとは思っていないってことか？」

「だから〝永遠の家〟なのよ」

蘭子は、突き当たりのドアを開けた。

その部屋は、広いホールだった。天井が四角錐に切り立っていて、ピラミッド・タワーの頂上部であることが分かった。

ホールの中心に、ライトアップされて置かれているものがあった。その周りを数人の車椅子の老人が囲んでいる。近づいて行くと、行方不明になったオグドアドのカノポスと、ミイラの首であることが分かった。高価な美術品のように、ライトアップされて展示されているのだ。

ひとりの老人が、蘭子を見上げた。

「これが、伝説の、女王の、首、かね？」

「王妃ネフェルティティです」

老人は、酸素チューブを鼻に入れていて、苦しそうに話した。呼吸するたびに喉からヒーヒーと音がしている。

「美人じゃないか。ミイラになってもな」

他の老人が言った。

「干し柿になっちまえば、みんな同じさ。あんたもな」

「お前さんのような人でなしに、言われたくないわな」

老人たちは指を差し合い、笑った。

彼らはキャップストーンの幹部なのだろう。日本の財界を支配してきた成功者たちだ。

堂本は、呼吸が苦しそうな老人の顔に見覚えがあった。何かの報道番組で見たことがある。

戦後、製鉄業から成り上がった政財界の黒幕、フィクサーと呼ばれた日本の影の大物のような男ではないのか。生きていたのか。そうだ、土橋克也《どばしかつや》だ。しかし、百歳は越えているはずだ。

「君は、蘭子君の、お友だちかね？」

「ええ、ええ、そのようなものです」

堂本は、また汗を拭った。

土橋は車椅子を操り、堂本に近づいてきた。今や骨と皮だが、その射貫《いぬ》くような眼光だけは健在だった。魂だけは未だ現役ということか。

「なぜ、古代エジプトの、研究に、投資していると、思うのかな？　古代の、真実？　そんなものは、どうだって、いい。破壊の、神とやらが存在、するのなら、どんなものなのか、見てみたい、のだ」

土橋は、喉を鳴らして苦しそうに息をした。

「私だけが、死に行くなど、我慢、ならん。私が、造った、この東京が、滅び行く、姿を見たいのだよ」

「〝あれ〟の準備は出来ているのかね？」

別の老人が蘭子に言った。

「もちろん。儀式の方法も解明されました。わたしの師匠ともいえる教授の研究と……そう、彼がいるから……」

蘭子は自分のこめかみに指をやって、とんとんと突いた。

「〝あれ〟が手に入るなら、金などくれてやる。悪魔に売る魂の値段はいくらだね？」

「悪魔に売る必要はありませんよ。古代の神々に売るんです」

「神も、悪魔も、似たような、ものだ」

土橋が言った。

「〝あれ〟が手に入り、滅び行く東京を眺めるなど、最高ではないか」

老人たちは、げらげらと笑った。楽しそうに、車椅子を叩きながら笑った。

堂本は後退《あとずさ》りをし、壁際に座り込んだ。

ゆるりと蘭子がやって来た。

「いったい何を企んでいるんだ？　〝あれ〟って、いったい何なんだ？」

「まあ、面白いものが見られるわ。テレビ屋さんのあなたも満足できるものがね」

蘭子は、口の端をつり上げて笑った。

ペントハウスの一角に、蘭子の部屋があった。窓からは煌《きら》びやかに輝く東京の夜景が見えている。

蘭子が入って来て、窓に映る自分の姿に目を留めた。

黒いフードのコートを脱ぐと、その姿が露《あら》わになった。頭部が後方へ飛び出し、髪の間からは触手のようなものが見えていた。

「これが、神の姿……」

蘭子は、虚ろに自分の姿を眺めた。

「蘭子、お帰り」声が聞こえた。

温かな男性の声だった。振り向くと、男が立っていた。

「道也《みちや》さん」

蘭子の夫、道也だった。優しい笑みを浮かべている。道也の後ろから子供が駆けて来て、蘭子の足に抱きついた。

「ママ」

「悠《ゆう》、ただいま……」

蘭子は悠に手を引かれてゆく。道也がドアを開けると、光が溢《あふ》れた。眩《まぶ》しくて目を閉じた。

目を開けると、そこは湖の畔《ほとり》だった。降り注ぐ太陽の光が、湖面に反射している。

湖の畔に白いコテージがあって、入り口で道也と悠が手招きしている。蘭子は自分の手を見て、顔に触れた。元に戻っている。

「おーい、こっち来いよ」「ママ、早く早く」

夫と息子が家の前で手を振っている。蘭子は微笑んで駆けて行った。

京南大学で古代西洋史を専攻していた蘭子は、学生時代にアメリカのマサチューセッツ州にあるコンラッド大学に留学し、本格的に古代エジプト学を学んだ。コンラッド大の古代エジプト研究室は、ツタンカーメンやラムセス二世で有名な新王国時代を中心に研究を行っていて、エジプトでいくつかの発掘現場を持っていた。蘭子が興味を持ったのは、古代エジプトの死生観だった。

この世はかりそめであり、あの世こそが本当の人生の始まりである。

人は死ぬと冥界へ向かって旅をし、オシリス神の前で審判を受け、〝永遠の命〟を手に入れて復活する。現世と冥界は繋がっていて、死者が冥界で生きて行くためには、肉体をミイラにして保存しなければならない。化学薬品のない古代において、ミイラはどのように造られたのか?

コンラッド大の古代エジプト研究室は医学部と提携して、実際に人体を使ったミイラ造りの実験を行った。蘭子は、実験に参加することができた。

遺体の脇腹から入れた切れ目から心臓を残して内臓を摘出したり、鉤棒《かぎ》のようなもので鼻から脳髄を取り出すなど、ミイラに残された傷から推測された方法があったが、実際に人間の遺体で行ってみると、上手く行くものではなかった。塩に漬けこんで水分を取り、タールを塗り込んで生前の形を整えるという方法においては、いびつなミイラができあがるだけだった。古代には、熟練した細かいノウハウが受け継がれてゆくような職人集団が存在したことを推測できる結果だった。新王国時代のミイラに至っては生前の面影を残すクオリティにまで達しているのだ。

蘭子が一番驚いたのは、エジプトと同じ環境下で砂のなかに埋める方法が、一番的確で美しいミイラを生み出したことだった。

自然が、永遠の命を生み出したんだ……。

古代エジプトに永遠思想が生まれた瞬間に出会い、蘭子は感銘を受けた。それから何度も医学部から遺体を貰い受け、ミイラ作りに没頭して行った。

夫となった道也と知り合ったのは、民俗学の講義だった。道也の専攻は、アメリカの先史研究だった。

「古代エジプト人が永遠に生きるって、興味深いね。先史アメリカ先住民にも同じような甦りの儀式があるんだよ」

広大なアメリカの大地がデートの場所だった。グランドキャニオンを小型飛行機で飛び、モニュメントバレーを車で走り、砂漠に昇る太陽の光を浴びてキスをした。

二人は研究者としても惹《ひ》かれ合い、結婚をした。息子も生まれ、悠と名付けられた。蘭子は大学で学位を取って講師として大学に勤めるようになり、幸せな日々を過ごしていた。

その年の夏のバカンスには、ボストンから近郊の湖へ出掛けた。マサチューセッツ州には美しい湖が多く、避暑地となっているのだ。広大な自然のなかでバーベキューを楽しみ、道也は悠と湖へボートで出た。蘭子は、コテージで論文のための資料を読んで過ごした。湖を見ると、釣りに興じる道也と悠がいる。蘭子は幸せを噛みしめていた。

ある蒸し暑い日のことだった。蘭子がコテージで論文を進めていると、急に風が吹いて冷気を感じた。窓外を見ると、昼にしては暗い。不思議に思って外へ出て驚愕《きようがく》した。

湖の向こうには、巨大な積乱雲が迫っていた。スーパーセルと呼ばれる竜巻を伴う積乱雲だ。雷が轟《とどろ》き、突風が吹いた。

蘭子は、道也と悠の姿を捜した。コテージの近くには、姿が見えなかった。湖を見ると、二人が手漕《こ》ぎボートに乗っているのが見えた。

その時、積乱雲から竜巻が舞い降りた。湖の水を吸い上げてこちらに迫っている。

「危ない、道也さん、すぐに戻って！」

蘭子は叫んだ。道也も竜巻に気付いて岸に向かって船を漕いでいる。だが、竜巻と積乱雲のスピードは、驚くべきものだった。あっという間に船を吸い上げ、二人の姿は真っ黒い雲のなかに消えた。蘭子が愕然としていると、突風が襲ってきた。蘭子は跳ね飛ばされ、木に激突して気を失った。

気付いたときには、救助隊の担架の上だった。竜巻は容赦なく避暑地を襲い、コテージを吹き飛ばし、死者五名行方不明者二十二名という大惨事となった。道也と悠の遺体は発見されなかった。辛うじて軽傷だった蘭子は、森と湖をさまよい、二人の姿を捜した。

そして、五日目に湖の反対側の葦《あし》のなかに、二人の遺体を発見した。道也は幼い悠を抱きしめたまま死んでいて、遺体は腐敗が始まっていた。

「このままではいけない」

蘭子は遺体を車に運び、ボストンの家へ持ち帰った。研究室からミイラ造りの実験に使った薬品や器具をごっそり家へ運び、遺体の保存処置を始めた。その方法は的確だった。内臓の処理、水分を抜く薬品の配合など、現代の知識と古代の英知が融合したものだった。

やがて美しいミイラが完成し、蘭子は二人をベッドに寝かせた。

二人は生きている——

そう自分に言い聞かせて普段通りに生活を続けた。大学では古代エジプトにおける〝命の永遠性〟について講義をした。同僚も学生も、いつしか日本人講師の家族が行方不明であることを忘れ、日常が過ぎていった。

ある日、家に戻ると家の窓に明かりがついていた。消し忘れたのだろうと思ったが、ふと道也が生きている錯覚に陥った。家に入ってキッチンに行くと、食事の支度をしていた道也が振り向いた。

「遅かったなあ。大学の研究もいいけど、身体のことも考えないとな」

料理が得意な道也は、生前、こうやって食事の支度をしてくれた。まるで時間が逆戻りしたような光景だった。

立ち尽くす蘭子を見て、道也は不思議そうな顔になった。

「どうした、蘭子」

「ママ」

声が聞こえて、何かが足に抱きついてくるのを感じた。まさか、こんなことが……。

身体が震えた。足もとを見た。丸い目、ピンク色の頬、産毛が金色に光っている可愛い息子、悠が見上げていた。

「悠」

蘭子は、思わず悠を抱きしめた。何度も何度も息子の名を呼びながら、声を上げて泣いた。

それから道也と悠は、ときおり現れるようになった。ベッドで眠る二人が死者であると感じると、そのことを否定するように現れるのだ。蘭子にはそれが死の幻影であることは分かっていた。

わたしは、壊れたのだ。


蘭子は、ペントハウスの窓に映る自分を見ていた。怪物の姿だった。

奥へ行ってドアを開けた。

ベッドが二つ並んで置いてあり、奥には道也と悠が眠るベッドがあった。

頭を寄せて眠る二人は美しく、ただ眠っているように見えた。

蘭子は、ベッドに腰掛けて二人の頭を撫《な》でた。

「ファアト・ネヘフ・アンク、ファアト・ネヘフ・アンク……」

蘭子が呟く言葉は、古代エジプト語で〝永遠の生命がもたらされる〟という意味だった。

スマートフォンが震える音が聞こえた。美羽が目を覚ますと、ベッドサイドで着信ライトが暗い部屋を照らしていた。パリのホテルの部屋だった。時計は朝の四時四十七分、堂本からの着信だった。こんな時間に、と思ったが、日本との時差が七時間あるのを思い出した。

通話に出ると、堂本は寝起きの声を聞いて、もう寝ているのか、暢気《のんき》だな、と言った。美羽はベッドサイドのペットボトルに手を伸ばした。

「実はな、カノポスを見つけたんだ。ある連中のところにある」

水を一口飲んで、吹き出しそうになった。眠気が一遍に吹き飛んだ。

「カノポスを見つけた？　どこにあったの？」

「キャップストーンさ。何でも金で解決しちまう連中が持っている」

「キャップストーン……」

そうだったのか。二年前に亡くなった高城教授の助手の頃、話を聞いたことがある。研究室に発掘の資金を提供していた財団だ。高城教授が亡くなってキャップストーンが手を引いたらしく、研究室は大学の隅に追いやられるようになった。

蘭子の背後にいたのは、キャップストーンだったのか。柊教授の研究を自分のものにしたのも、キャップストーンがバックアップしていたのだ。

「でも、発見された遺物の権利は、すべてエジプトにあるのよ」

「そうかい。それじゃあ黄金のカノポスなんて、さっさと返しちまうだろうな。それで一件落着だ」

「どういうこと……」

「外見よりも、中身が大事ってことだよ」

「……アテン神のことね」

「やっぱり知っていたんだな。カノポスに入っていた化け物の正体を」

「桐生もキャップストーンにいるの？」

堂本は、ああ、と唸りとも溜息ともつかない声を出した。

「あいつはやばいぜ。大変なことになっている。あの蛸みたいな化け物と融合しちまっているんだ。あのアマルナの彫像みたいな姿になっちまった」

「そんな、まさか……！」

「今さら嘘を言っても仕方がないだろう」

アマルナの彫像みたいな姿だって？　やはり古代にアクエンアテン王の一族のなかには、みんなアテン神がいたということなのか？

「あの首は王妃ネフェルティティのもの……」

「ああ、そういえば蘭子がそんな事を言っていたな。王妃ネフェルなんとかって」

やはりそうだったのか。斬首《ざんしゅ》されたネフェルティティの首だったのだ。

古代に何があった？　ツタンカーメンは、どう関わっている……？

「おい、どうした」

「ちょっと頭の整理が付かない……」

「そうだろうな。ところで今から会えないか？　相談したいことがある」

「無理ね。今、パリにいるから」

「パリ？　フランスのパリか？　なんだよ、こんな時に旅行か？」

「桐生の研究を追ってパリに来ているのよ」

「そうか。あの女、何か企んでいるみたいだしな」

「企んでいる？」

「相談っていうのがそのことだ。蘭子の企みが、あんたなら分かると思ったのさ。まあいい。俺はここでもう少し様子を見るつもりだ。で、いつ帰国するんだ？」

「まだ分からない。カノポスが見つかっても、解決しない謎が残されている。それを解き明かすまで、日本には帰れないかも」

「そうかい、頼もしいな。俺はやばくなったら逃げるだけさ。あんたも気をつけろよ」

堂本は、通話を切った。

美羽の部屋からは、朝のパリが見えた。古い街並みの屋根には、今は使われていない煙突が残されていて、煙突の向こうにモンマルトルの丘が見えた。

あのロワール川が流れる美しいアンボワーズの街に、ツタンカーメンのパピルスは隠されていた。館からは、メイドのシベールが車で送ってくれた。小栗は、堂本が目撃したアテン神の話を否定すると、ずっと黙り込んでいた。あのパピルスの記述を、どう飲み込めば良いのか考えていたのだろう。

ホテルに到着した時には、もう真夜中だった。明朝の約束をして、すぐに部屋に入った。そして、いつしかベッドで眠っていた。

タブレットを開いて、パピルスを表示させた。

千年の時を超え、アテンは甦る。
訪れたるアテン。大勢であり唯一である。
五芒星のなかのピラミッド。王へ聖なる心臓を捧げよ。
王は復活し、アケトアテンを再興する。
恐れよ、ヘルモポリスの封印が解かれた時、
オグドアドが再び破壊をもたらすだろう。

蘭子は、ツタンカーメンの復活の儀式を行おうとしている。それは、もしかしたら蘭子のなかにいるアテン神の意思なのかも知れない。そのアテン神は、ネフェルティティのなかにいたアテン神だからだ。

しかし、矛盾している。ツタンカーメンはアメン神を復活させ、国を安定させた王だ。復活させてアケトアテンを再興するならば、アクエンアテン王のはずだ。なぜ、ツタンカーメンなのだ？　何か、秘密があるのか？

ツタンカーメンのミイラには、心臓は残されなかった。ネフェルティティの首のように、別の場所に埋葬されているはずだ。どうやって捜す？　行く当ては何もない。方法はただひとつ

だ。

――ツタンカーメンの死の真相を探る。

美羽は首を振った。ばかな。世界中の考古学者が束になって研究して、未だに解明できないのがツタンカーメンの死の真相だ。

だが、他に方法があるのか？　ほんの少しのヒントでいい。何か、謎を解く鍵が見つかれば、心臓の在処に近づけるのではないか……？

エジプトのどこか、エジプトで捜すしかないだろう。


美羽がホテルのロビーへ下りて行くと、ソファーに座っていた小栗が頭を下げた。

「堂本さんから連絡があった。カノポスが見つかったそうよ」

小栗は、えっ、と声を上げて立ち上がると、放心したように再び座った。

「そうですか、良かった……どこにあったんですか？」

美羽は、小栗にキャップストーンの話をした。古くから聖東大学のバックアップをしていた存在だと話した。

「キャップストーン……そんな財団があったんですか……」

「これで一件落着。小栗くんは日本に帰って大丈夫よ」

「何言ってるんですか。先生はどうするんですか？」

「わたしは……やらなければならないことがあるから……」

「あのパピルスに書かれていた、ツタンカーメンの謎を追うんですよね。だったらぼくも行きます。ツタンカーメンの心臓の行方が、まだ分かっていません。パピルスの記述に則って考えると、復活の儀式には失われたツタンカーメンの心臓が必要になります。そのためには、エジプトでツタンカーメンの死の真相を探るしかないと思っています」

美羽は驚いた。昨夜は黙り込んでいた小栗が、どうしたのだろう？

「パピルスの記述を信じるの？」

「ぼくはぼくなりに一晩、考えました。今は信じるしかありません」

「そう、分かった」

「もう一度、訊いてもいいですか？」

小栗は背筋を伸ばした。そして言った。

「アテン神は、本当に甦ったんですか？　つまり古代神は、実在するっていうことなんですか？」

やはりそうか。彼はもう感づいているのだろう、自分が何かを知っている、と。

話すしかないだろう。グールの谷の秘密を、サハラ砂漠に眠る〝何か〟の存在を。

「古代神……わたしたちは、〝何か〟と呼んでいる。その正体は、まだ分からないから」

「わたしたちって、日下先生とエルシャリフ博士のことですね？」

「そう。〝何か〟のことは、博士も知っている」

美羽は、二年前の出来事を話した。聖東大学の研究室で起きた殺害事件を追っているうちに、サハラ砂漠の果てにあるグールの谷に辿り着き、〝何か〟に出会った。

小栗は、静かに聞いていた。

「グールの存在は、古いアラブの記録に残っているのよ。伝説としてね」

「なるほど。古代の神の存在は、砂漠の怪物グールとして、現代まで語り継がれたんですね」

「わたしのことは〝何か〟と我々を繋ぐ案内人なのだと、エルシャリフ博士は考えている。自分ではそこまでは分からないけど、繋がりは感じることができる」

「〝案内人〟ですか……」

「それで、グールの谷の〝何か〟は、朽ち果てているのもいたけど、生きているのもいた……」

「生きていた？」

「堂本さんは夢を見ていたわけではないのよ」

「アテン神の復活……」

「カノポスから古代のアテン神が甦った。そして、ツタンカーメンの甦りの儀式によって、アケトアテンが再興される。そうなると、オグドアドも甦ることになる。破壊とともに」

「破壊……アケトアテンを破壊した神が……再び現代へ……頭では分かりますけど、やっぱり……」

「そうよね。でも、わたしは予感を信じるしかない」

美羽は胸のシャツのボタンを外した。小栗はぎょっとして目を逸《そ》らした。

「これを見て」

小栗は、戸惑いながらも美羽の胸を見た。そして、目を見開いた。

「アンクだ……」

「これが〝案内人〟の印よ」

美羽はシャツの胸元を閉じた。小栗は、ふうと息を吐いた。

「ツタンカーメンに何が起きたのか、その秘密が分かるのであれば、今は信じることにします。行きましょう、エジプトへ！」

小栗は力強く言った。

第三章

三千三百年前の殺人

1

パリからエジプトのカイロまでは、直行便であれば四時間半という距離だ。遠い日本から比べると、近いと感じてしまう。

カイロ空港へ到着した美羽と小栗はカイロの喧噪《けんそう》を行き、やがて中心街にある赤煉瓦《れんが》色のエジプト考古学博物館へと到着した。ツタンカーメンの黄金の秘宝は、この博物館に収蔵されている。

博物館の二階は、フロア半分がツタンカーメンの秘宝で埋め尽くされている。黄金のマスクや棺《ひつぎ》は、警備員が常駐する格子で守られた特別展示室のなかだ。

美羽と小栗は、ツタンカーメンの黄金のマスクと対峙《たいじ》した。

ツタンカーメンは王の象徴であるメネス頭巾《ずきん》を被《かぶ》り、額にはエジプトの統一を意味する禿鷲《はげわし》とコブラを備え、肩には王を讃《たた》えるヒエログリフが彫られている。その目は、見る者を射貫《いぬ》くような眼差《まなざ》しだ。

「少年王ツタンカーメンが見つめているのは、何だと思うかな？　ミス・クサカ、ミスター・オグリ」

声に振り向くと、エルシャリフ博士が佇《たたず》んでいた。美羽はパリを発《た》つ際に、博士に連絡を入れた。カノポスが日本のキャップストーンにあり、パリ郊外のアンボワーズでツタンカーメンの幻のパピルスを見つけた事を話した。

「カノポスの件は、すぐに手を打ったよ。やがてエジプトに返却されるだろう」

「そうですか。よかった」

「さて、ツタンカーメンのパピルスを見せて貰《もら》えるかな？」

小栗はタブレットを取り出し、アンボワーズで撮影したツタンカーメンのパピルスを表示させた。エルシャリフが、画面を見つめる。

「記述によれば、ツタンカーメン王の復活によってアケトアテンが再興され、そのために破壊の神が訪れる、とあります」

「古代アケトアテンの破壊が、再び行われるというのだね？」

エルシャリフはタブレットから顔を上げ、美羽を見つめた。

「アテン神は現代に甦《よみがえ》っています。おそらく古代、ネフェルティティに取り憑《つ》いていたアテン神が、今は桐生蘭子のなかにいる」

「ドクター・キリュウはネフェルティティとして、ツタンカーメンの復活の儀式を行おうとしているのだろう。そのために必用なのが……」

エルシャリフは、タブレットから顔を上げて美羽を見た。

「ツタンカーメンの心臓だね」

美羽が頷《うなず》く。

「ミイラに残されなかった心臓が、エジプトのどこかに隠されているというのだね？　どうするつもりかな？　ミス・クサカ」

「ツタンカーメンの死の真相を追うしかないと思っています」

エルシャリフは、ほう、と言って片眉《まゆ》を上げた。

「エジプト考古学的には、これほど大きな謎はありません。ツタンカーメンの死は、言わば迷宮入りした事件です。それも三千三百年前に」

「それで、具体的にはどうするつもりかな？」

「まずは、ツタンカーメンの遺体の検死報告をもう一度見直そうと思います」

エルシャリフは、にやりと微笑んだ。

「なるほど。遺体の検死報告とは、ミイラの科学調査のことだね？　確かにツタンカーメンの遺体は、二〇〇五年に科学的に調査が行われている」

「博士は、ツタンカーメンの科学調査をどのように考えていますか？」

「エジプト考古学に科学を導入するのは、試みとしては面白いと思っている。わたしは調査に関わる立場ではなかったが、もちろん報告書は読んだ」

「調査結果をどう思われましたか？」

「あの科学調査が、今までにないツタンカーメン像を浮かび上がらせたのは確かだ。CTスキャニング調査では、ツタンカーメンの脚が曲がっている異常な状態があったこと、DNA調査では、ツタンカーメンの父親がアクエンアテン王であるという結論を導き出し、アクエンアテン王の父王であるアメンヘテプ三世が、父親だったという根強くあった説を否定した」

当時、CTスキャニングの調査結果は、数年に亘《わた》って発表された。ツタンカーメンはほっそりした体型の若い男性で歯の状態は良好、顎《あご》は細めで、口蓋《こうがい》が少し裂けているが外見上に現れるほどではなかったという。背中が湾曲していたが、ミイラが納められる際に曲げられたと推測された。

脚の骨が曲がっているという指摘は、他の王家のミイラにも内反足が見受けられるものもあり、遺伝的なものであるとチームは推測した。脚の骨の一部が壊死《えし》で失われていることも分かり、骨組織が死ぬ病気があったとも考えられた。

「ツタンカーメンの墓からは、使用された痕跡《こんせき》がある百本以上の杖《つえ》が発見されている。レリーフのなかには、座ったまま狩りをする図があり、杖を持って歩く彫像もある。考古学的な考察もあって、ツタンカーメン王は生まれつき足を引きずるように歩き、歩くためには杖が必用だと考えられたのだ」

エルシャリフが、ツタンカーメンのマスクを見つめる。

「ツタンカーメンは戦争に行って活躍するような、逞《たくま》しい少年王ではなかったという結論だ。遺物には、王妃アンケセナーメンとの仲むつまじい様子が描かれているものが多い。王は王宮内で静かに暮らし、戦争や政治は周りの者たちが行ったのではないか、というのが科学調査が導き出したツタンカーメン王の姿だ」

「死因についてはどうですか？　暗殺された、という説がありましたよね？　暗殺についてはどう考えますか？」

小栗が言った。

「暗殺説の始まりは知っているかね？　ミスター・オグリ」

「はい。一九六〇年代に行われたX線調査によるものです。ツタンカーメンのミイラをX線で撮影したところ、後頭部の骨が異常に薄く、血だまりのような瘤《こぶ》が見受けられた。これは後頭部を殴打されたからではないか、という発表があったのです。宰相だったアイが、ツタンカーメンを亡き者にして王の座を奪った、また後に王となった軍司令官のホルエムヘブが荷担した、という説もありました」

「二〇〇五年の科学調査でも後頭部の報告があったのは覚えているわ。頭には強打された痕跡は発見されなかったというものだった」

「死因については、調査チームが注目したのは左大腿骨《だいたい》の骨折だった。ミイラはもろくなった部分が折れていたが、左大腿骨の骨折は生前のものであることが分かった。傷口のなかにミイラ造りのための樹脂が染みこんでいたからだ。つまり、ミイラ処置が行われる直前に負った傷であると推測された」

「あの、確か感染症にもかかっていたっていう報告でしたよね？」

「マラリアだ。ミイラの頬に残る傷がマラリア蚊に刺され、炎症を起こした痕《あと》だと判断されたのだ。もともと虚弱体質で歩くのが困難なツタンカーメンが、何らかの酷《ひど》い事故で骨折し、マラリアもあって死に至ったという結論だった。チームは狩りの最中や、チャリオット（馬車）の練習中に事故に遭ったと推測した。チャリオットが墓から発見されているのが、その理由だ」

そして王のミイラには黄金のマスクが被せられ、人型の棺に納められた。棺は三重になっていて、特別室には三重の人型棺のうち、いちばん内側の黄金を打ち出した棺と、宝石が鏤《ちりば》められた二番目の棺が展示されている。三番目の棺は、今でもルクソールの王家の谷にあるツタンカーメン王の墓の石棺に、元のように納められている。これらの棺は、さらに埋葬室一杯になるほどの厨子《ずし》のなかに納められたのだ。

「ミイラの心臓についての報告はありましたか？」

「触れられていないはずだ。謎のままだね」

「博士、当時の調査に参加したスタッフをご存じありませんか？　心臓について、何か検証があったのかもしれません」

「調査は十年以上も前に行われたものだ。博物館に造られたラボも、今は破棄されている。それに、二〇一一年のエジプト革命を知っているかな？　あの革命で前大統領が辞任し、考古省の上層部も総入れ替えが行われた。エジプト革命で当時のスタッフはみんな去ってしまったんだが……」

エルシャリフは顎を擦《こす》り、記憶を辿《たど》る。

「すでに引退しているが、ツタンカーメンの科学調査に参加した研究者がいる。連絡を入れてみよう」

「そうですか。ありがとうございます」

「ミス・クサカ。もしもツタンカーメンのパピルスに書かれていることが本当ならば、ツタンカーメンはアテン神にとって重要な存在だったことになる。復活してアケトアテンを再興するというのだからね」

「ツタンカーメンの復活、そして破壊とはどのようなものだと思いますか？」

エルシャリフは首を振る。

「それは神々の領域だ。わたしにも分からない」

神々の領域……アテン神と融合している桐生蘭子は、もはや神々の領域に足を踏み入れている。蘭子は、心臓の在処《ありか》も知っているのだろうか……？

「あの……」

小栗が口を開いた。

「アケトアテンの破壊を行った神は、アテン神が作り上げた理想郷を破壊するために現れた神です。アテン神と相反する神だとすれば、破壊の神って古くからエジプトに存在した神ではないでしょうか。たとえば……」

小栗は、言葉を切った。その後はエルシャリフが続けた。

「破壊の神、セト」

美羽も考えていた。破壊の神セト……。

セト神は古代エジプトの神々のなかでも最も暴力的で、暴風の神とも言われている。性格は凶暴で、兄弟のホルス神に何度も殺し合いを仕掛けている。その姿は架空の動物で何かは分かっていない。ある説では、動物の悪い面を集めた悪の象徴とされている。

「もしもツタンカーメンの心臓をドクター・キリュウが見つけて儀式を行えば、現代人は目撃することになる。破壊の神の姿をね」

2

エジプト考古学博物館を後にした美羽と小栗は、車に乗り込んでカイロを東へと向かった。ヨーロッパ調の新市街を抜けてイスラム地区へ入ってゆくと、近代的な街は古い街並みへと変《へん》貌《ぼう》した。丘の上にはドームの屋根と大きなミナレットを持つムハンマド・アリ・モスク、道路脇にはアーチ構造のローマ水道遺跡が通り、かつてカイロの街を取り囲んでいた城壁も残されているエリアだ。道を行き交う女性は、黒い衣装で肌を隠し、顔もベールで覆っているのが目に付いた。

エルシャリフ博士が紹介してくれたザハラーという研究者の家は、ダウンタウンのアズハル・モスクの近くにあった。

扉に取り付けたベルを鳴らすと、窓越しに黒い衣装で身を包んだ女性が顔を出した。

「ザハラー博士にお目に掛かりたいのですが」

女性は頷いて扉を開け、どうぞ、とアラビア語で言った。

家のなかに入ると、カーペットが敷き詰められたイスラムの家だった。入り口には靴が並んでいる。美羽は靴を脱いだ。小栗も倣った。

居間のソファーで待っていると猫が足もとを通り過ぎて、ソファーに登って見知らぬ来客を見つめた。毛の短いすらりとした猫だった。猫の神バステトのようにも思えた。

先ほどの女性が、紅茶のセットを持って現れた。

「エルシャリフ博士から話は聞いたわ。ツタンカーメンの科学調査のことが聞きたいそうね」

「あなたが……」

「ドクター・ザハラーよ」

ザハラーが手を差し出した。美羽は軽く握った。ザハラーの仕草は、どこか優雅だった。

「失礼しました。引退した方と聞いていましたから、年配の方と思いました」

「男性かと……」

小栗は、軽く頭を下げた。

ザハラーはソファーに座ると、口元のベールを持ち上げてカップを口元に運んだ。

「それで、何が知りたいの？」

「二〇〇五年の科学調査では、ツタンカーメンのミイラの状態が詳しく分かったと思うのですが、心臓についての報告はありましたか？」

「心臓について？　ミイラに心臓は残されていないわ。ないものに関しての検証は、やりようがないでしょう」

「もちろんそうですが、ミイラに残されるべき心臓がないことに関して、科学調査のチームは、気づいたことはありませんでしたか？　たとえば、切り取られた痕が残されていたというようなことです」

「意図的に体から排除された痕があったのか、ということ？」

「はい」

「そういうことね……」

ザハラーは顔のベールを取り、長い溜息《ためいき》をついた。彫りの深いエキゾチックな、かなりの美人だった。本棚の前へ行って分厚いファイルを取り出した。

「これがツタンカーメンのＣＴ調査に関する資料よ」

ザハラーは、テーブルにファイルを置いた。

「見ていいんですか？」

小栗が聞くとザハラーは肩をすくめ、お好きに、と言った。ニューヨークで聞くような、フランクな英語だった。

ファイルはＣＴスキャニングの画像が主で、頭部、胸部、腰、手足と、ツタンカーメン王のミイラが輪切りにされ、またスケルトン状に立体画像になっているものもあった。画像の脇には英語で解説が書かれていた。

「あなたたち、この画像を見てミイラの状態を判断できる？」

「え……」

小栗が口ごもる。美羽は首を振った。

「専攻はエジプト考古学ですから、画像を見ても詳しい判断はできません」

「誰なら分かると思う？」

「ミイラ専門の形質人類学の研究者、あとは医学に詳しい方ですか？」

「そう。ＣＴ画像の分析は科学者と医者が行っていた。当時、わたしはエジプト考古学博物館の学芸主任で調査チームに参加していたけど、アメリカから来たお医者様が骨折である、と判断すればそういうことになる。わたしたちはツタンカーメンが骨折した状況を、遺物と照らし合わせて推測するしかない。わたしは早い段階でチームから抜けたのよ。考古学的な立場は守れそうになかったから」

美羽と小栗は、顔を見合わせる。

「でも、詳細なデータは、提示されたんですよね？」

「ツタンカーメンの科学調査は、アメリカとエジプトが合同で行った大々的なプロジェクトだった。データ解析はアメリカでも行われて、半年後、一年後と、何度か発表が行われたけど、結局詳しいデータは提示されることはなかった。チームが導き出した結果だけよ。その結果をもとにアメリカやヨーロッパで展覧会が開催された。科学が解き明かすツタンカーメンの真実……そんな触れ込みで黄金の秘宝と輪切りにされた映像が展示されたのよ。ＣＧで再現されたツタンカーメンの素顔は、黄金のマスクからはかけ離れたものだった。醜いツタンカーメン王の顔よ。さあ皆さん驚きでしょう、よくご覧下さい、これが科学が導き出したツタンカーメン王の素顔なのです……そんな声が聞こえてきそうだった。すべてが科学的な根拠に基づいているということだったけど、わたしにはよくできたショウのように思えた」

ザハラーはファイルを手に取り、あるページを開いてテーブルに置いた。

「二〇一一年の革命の後になって、科学調査に疑問を呈する研究者がいくつかの意見書を発表したけど、あまり話題にはならなかったわね」

美羽はファイルを黙読する。

ある整形外科医は、遺伝的な内反足に対して疑問を投げかけていた。骨の状態は正常で、左足に見られるねじれはミイラ造りの際に巻かれた包帯によってもたらされたのではないか、骨が壊死しているという発表には、ミイラ造りに用いられた埋葬用の樹脂が三千三百年の間に骨を侵食したのではないか、という指摘だった。

また、考古学的に根拠となった百本を超える杖は、王が権威の象徴として振り上げる図が描かれていることもあり、足の障害の根拠にならないという意見の研究者もいた。

そして、現在のミイラの状態が埋葬時の状態であるという厳密な根拠がない限り、骨折で死に至ったという推論が成り立たないという根本的な問題を、何人もの研究者が提示していた。

DNAの抽出方法に関しても、三千三百年前のDNAの正確な抽出が可能なのか、可能であれば、そのプロセスを提示するべきだ、という意見だった。

「現代の医学の知識を三千三百年前のミイラに当てはめたときに、それが真実であるという判断ができるものなのかしら？　どう、ミスター？」

ザハラーが小栗を見つめる。

「はい……」

小栗は、ザハラーの目力に圧《お》された。

「ツタンカーメン研究は、振り出しに戻っている。最近では、どの研究者も科学調査のことは、あまり語らなくなったわ」

「つまり、ツタンカーメン王は健康体だったということも言えるわけですね」

「そういうことになるわね」

ソファーの猫が鳴いて、ザハラーの膝《ひざ》の上に乗った。ザハラーは、猫の体を撫でた。

美羽は考える。

墓に納められていたのは、王が神として表現されている黄金の彫像ばかりではない。あどけない少年王の表情を捉《とら》えた木製のマネキン、ゲームボードや枕、下着など古代の生活が推測できるような遺物も納められていた。遺物の多様さは、驚くべきものだ。

木製の彩画櫃《ひつ》には、ツタンカーメンがチャリオットから弓を放ち、馬が勢いよく前足をあげて敵を蹴《け》散《ち》らす図が描かれている。ツタンカーメンが戦争に行ったという記録は見つかっていない。象徴としての王の姿というのが一般的な考えなのだが……。

——もしもツタンカーメンが、戦いに出かけるような勇ましい王だったら?

最近の研究では、墓から見つかったツタンカーメンの鎧《よろい》に使用された痕跡があったという。もちろん、これも推測だ。使われた痕跡が見つかったというだけだ。

「ミス・クサカ。心臓のことが知りたい?」

「何か思い出されましたか?」

「このことはどうにも判断できないようなことだから、チームも触れることはなかった。もちろんわたしも確証が持てない話だけど……」

「何でしょうか？」

「ミイラの胸部が破損しているのは、知っているわね？」

「ミイラがあまり重要視されなかったカーターの時代に、マスクを剝がすために破損したという話ですよね？」

小栗が言った。

ザハラーは、話すのを躊躇《ためら》っているようだったが、話し始めた。

「ツタンカーメンの胸には、鋭い傷がある。肋骨《ろっこつ》が鋭利な刃物で切られたような傷があるのよ」

「えっ、まさか、ツタンカーメンは胸を刺されて殺害された？」

小栗が興奮して言った。

「そんな妄想を搔《か》きたてる傷よ。王の死後に付けられた傷かもしれない。だとしたら、何のために？　科学調査のチームも、どうにも判断できずに大腿骨の骨折に注目したのでしょうね」

「それがツタンカーメンの心臓がないことに関係していると思うのですか？」

美羽の問いに、ザハラーは首を竦《すく》める。

「それは分からない。だけど、とても奇妙なことではある」

猫がザハラーの膝から降りて、美羽の前に来た。猫は、美羽を見つめた。

「もしも健康な若者の王ならば、なぜ死んだのか。なぜ埋葬は急がれたのか、なぜ小さな墓に埋葬されたのか？　謎は尽きないけど、これだけは言える。ツタンカーメンの埋葬は他の王にはない、異常な状況で行われたのよ」

3

ザハラーの家を出ると街は夕暮れとなっていて、モスクのミナレットが夕映えにシルエットとなって見えた。目の前にはカーン・アル・カリーリー、通称ハンハリーリ市場が広がっていた。入り組んだ路地の店にはオレンジ色の明かりが灯《とも》され、市場の彩りはアラビアンナイトに登場するワンシーンのようにも思えた。

美羽と小栗はエジプト料理の店で食事を済ませ、古い城壁のなかに作られたオープン・カフェに入った。アホワというトルココーヒーが運ばれてくる。

「ツタンカーメンの研究は、振り出しに戻っている、か……」

小栗が、苦いアホワを口にして言った。

「ザハラー博士が言うようにツタンカーメン王が健康体だったとすると、なぜ死んだのでしょうか？　不慮の事故、それとも……やはり暗殺ですか？」

「健康体の若者だったなら、暗殺の可能性も捨てきれないわね」

小栗が宙に円を描く。

「ぐるりと回って、殺人事件ですね。だとすると、犯人は誰なんでしょう？」

「通説で考えれば、王の座を狙った宰相のアイ、権力を持っている軍司令官のホルエムヘブということになるけど……」

「そうですよね。ツタンカーメンのパピルスには、『王は復活し、アケトアテンを再興する』

とあります。その記述を考えると、アテン神が関係しているのでしょうか？」

「そうね……ツタンカーメンがアテン神と関係している遺物だったら、黄金の玉座だわ」

「黄金の玉座。遺物番号第一号ですね」

二千点以上ある秘宝のなかで、ハワード・カーターが遺物番号第一号と記したのは黄金のマスクでも棺でもなく、『黄金の玉座』だった。

木製の肘掛《ひじか》け椅子は金と銀の薄板で覆われ、脚部にはライオン、肘掛けには翼を持つ蛇の神ウラエウスが配され、背もたれにはツタンカーメン王に香油を塗る王妃アンケセナーメンが打ち出されている。お互いが片方ずつ同じサンダルを履いているという仲むつまじい図だ。

この玉座は煌《きら》びやかなだけではなく、考古学的な謎がある。

ツタンカーメンの名前は、『アメン神の生ける似姿』という意味だ。アメン神は二つの羽を頭に載せた男性神の姿で表されるが、玉座の背もたれには太陽をモチーフにしたアテン神が描かれている。王と王妃はアメン神ではなく、アテン神に祝福されているのだ。ツタンカーメンが即位後にアメン神信仰を復活させ、アテン神信仰で混乱した国を平定したというのならば、玉座にはアメン神が描かれるべきなのだ。

玉座には『アテン神の生ける似姿』という意味の、ツタンカーテンという名前も残されている。このことをどう考えればいいのだろうか？

「研究者のなかにはアテン神信仰が根強く残っていたので、二つの神が混在した時期に造られたという説もありますけど、ツタンカーメンが亡くなった時には、アメン神信仰だったはずです。国を崩壊に導いたアテン神を象徴するような玉座を、なぜわざわざ墓に納めたんでしょう？」

「ツタンカーメンはアテン神信仰だった……それが暗殺の動機……？」

美羽は、喧噪のなかに目をやった。

その時、行き交う人々の向こうに立つ異様な人物に目が留まった。フードを被った背の高い女の姿——その顔は長く、目がつり上がっている。

美羽は、目を見張った。

「桐生蘭子！」

小栗も驚いて美羽の目線を追う。そして、蘭子を認めた。

「桐生先生……あの姿は……いったい……」

蘭子の口が裂けてゆく。不気味に笑い、喧噪に姿を消した。

「待って下さい！」

小栗は叫んで、蘭子の後を追った。美羽も後を追う。

市場の人混みのなかを行き、辺りを見回す。迷路のような細い道に店が建ち並んでいて、すぐに蘭子も小栗の姿も見失ってしまった。美羽は、辺りを探して路地に入り込んで行った。

右へ左へと路地を歩いて行くと、ふいに城壁だけのエリアとなった。明かりがついている店は遠くなり、靴音だけが辺りに響いた。

「小栗くん？」

名を呼んでみるが、返事はない。美羽は佇んだ。

突然、何かに摑《つか》まれて体が宙に浮いた。

目の前に蘭子の顔が現れた。美羽は、蘭子に左手ひとつで持ち上げられていたのだ。蘭子は二メートルもあろうか、フードの間からは触手のようなものが見えていた。蘭子の右手が、美羽の首を絞めた。美羽は喘《あえ》いだ。

「その姿は……アテン神が、なかにいるの……」

「人間以上、神以下ってところね。進化したのよ」

蘭子は楽しそうに微笑んで、美羽の匂いを嗅《か》いだ。

「あなた、古き神の匂いがする。どうして？」

髪の間から触手が伸び、美羽の体をまさぐった。そして、触手が胸元を開いた。アンクの痣《あざ》が露《あら》わになる。

「アンクの印か……ふふ、お前に何ができる？　案内するのがせいぜいだろう」

蘭子の首を絞める手に、力が入った。

「日下先生！」

小栗の声がした。瞬間、触手が一本、槍《やり》のように伸びて小栗を突いた。

うっ、と呻《うめ》いて小栗は道に転がる。美羽は解放され、道に倒れ込んだ。

美羽は、首を擦って息をついた。辺りを見回すが、蘭子の姿はどこにもなかった。

首に大きな痛みはなかったが、それよりも蘭子の変身した姿の方が心を揺さぶっている。

――人間以上、神以下ってところね。

蘭子の不気味な笑い声が、頭のなかに響いていた。

小栗は、呆然《ぼうぜん》と地面に座り込んでいた。

「小栗くん？」

「……古代神は、ほんとに存在した……あれがアテン神と融合した姿……桐生先生は、どうなったんですか……もう、人間じゃないんですか！」

小栗は、過呼吸を起こしたように息をした。美羽が肩を掴む。

「しっかりして、桐生はツタンカーメンの心臓をまだ見つけていない。だから姿を現したのよ！」

小栗は、何度も頷いて息を整えた。

「大丈夫？」

「ええ、すみません……」

二人は暗い通りから、明かりが点《つ》いている大通りへと向かった。人通りと行き交う車を見ると、少し気分が和らいだ。

「日下先生、カノポスに納められていたのは、ネフェルティティの首なんですよね。ということは、ネフェルティティのなかにいたアテン神は、桐生先生のなかにいるっていうことなんですよね？」

「そう、おそらく古代に首を刎《は》ねられ、封印されたのよ。そうしなければならなかったのは、アテン神を封じ込めるため」

小栗が、立ち止まって美羽を見た。

「どうしたの？」

「あの、ツタンカーメンには……」

「えっ……」

「ツタンカーメンには、アテン神は寄生していなかったのでしょうか？」

美羽は、背筋に悪寒を感じた。アマルナの一族である限り、その可能性はある。ツ、ツ、ツ、ツ、ツ、ツ、ツタンカーメンのミイラには、ア、ア、アテン神は存在したのか、のか？

美羽は、首を振った。

「分からない。でも、そのことがミイラから心臓が抜かれたことと、関係があるのかもしれない。明朝、ルクソールへ行きましょう。何か、ヒントが見つかるかもしれないわ」

「そうですね……」

小栗は大通りへ駆けて行き、タクシーに手を挙げた。

美羽は立ち止まってしまい、両腕を抱えた。

4

美羽と小栗がルクソール空港に降り立ち、迎えに来た車へと乗り込んだ。エルシャリフ博士が手配してくれたのだ。

車は、椰子《やし》の木が繁る緑地帯を進んだ。道には古代の神々をイラストで描いた観光用の看板が並んでいて、〝Welcome to the world of gods!〟という文字が躍っていた。

「ようこそ神々の世界へ、か……」

小栗が呟《つぶや》いた。

カイロから南へ六百五十キロ。新王国時代の都ルクソールは、ピラミッドが造られた古王国時代に次いで繁栄を極めた場所だ。ここでツタンカーメンは王として生き、死んだのだ。

車が街に入ると、巨大な塔門と列柱が並ぶカルナック神殿が見えてきた。付属神殿のルクソール神殿との間をスフィンクス参道が結んでいる。古代には、このスフィンクス参道を黄金に飾られた王が行進したのだろう。

ナイル沿いに、白いヴィクトリア朝建築のホテルが見えてきた。宿泊はウィンター・パレス・ホテルだった。ルクソールを代表する古き良きホテルだ。入り口からロビーへ入ってゆくと、ヨーロッパの王宮のような豪華な造りが目に入る。アガサ・クリスティが、ここで『ナイルに死す』を執筆したという。

美羽と小栗がバルコニーへ出ると、太陽にきらめくナイル川が見渡せた。

「エルシャリフ博士が気を利かせてくれたんだろうけど、ここには観光で泊まりたいわね」

「まったくです」

ルクソールは、ナイル川を挟んで太陽が昇る東側は〝生〟として神殿が造営され、太陽が沈む西側は〝死〟として、死者が眠るネクロポリスが造られた。王家の谷は、西岸の砂漠の谷にある。

アメン神のために捧《ささ》げられたカルナック神殿は、ルクソールの東岸に作られたが、歴代の王たちが増改築を繰り返し、東京ドーム二十二個分の大きさにまで拡大した。アメン神は、絶対的な存在として古代エジプトに君臨し続けたのだ。

美羽と小栗が、カルナック神殿へとやって来た。

石が積み重ねられた巨大な塔門から神殿内へ入ると、広大な庭には見上げるばかりの列柱、彫像が並び、オベリスクは天を貫かんばかりだ。アメン神を讃えるレリーフが辺り一面に刻まれ、アメン神の姿は男根を勃起《ぼっき》させたミン神として描かれているものもある。

「新王国時代にはピラミッド建設は行われなかったけど、このアメン神に捧げた神殿には圧倒されます」

「アクエンアテン王は、このアメン神に対抗してアテン神を唯一絶対の神として、弾圧も行った。だからツタンカーメンが即位した時、このカルナック神殿は荒廃していたと考えられているわ」

「それを復興させたのが、ツタンカーメンですね」

ツタンカーメンが即位した時は、わずか十歳の子供だったという。実際に政治の主導権を握っていたのは、アイとホルエムヘブだったのだろう。

アイはツタンカーメンの祖父、アメンヘテプ三世の頃から王家に仕えていて、ツタンカーメンが亡くなった次に王となり、高齢だったために数年でこの世を去っている。ホルエムヘブは、軍人出身でアイの次に王となった。アテン神の痕跡を尽《ことごと》く消したのが、ホルエムヘブだ。強き王が君臨する第十九王朝の礎を築いた。

美羽と小栗は、カルナック神殿を出て、付属しているルクソール神殿へと向かった。

ルクソール神殿とカルナック神殿は、スフィンクス参道で結ばれている。参道にはずらりと羊の頭のスフィンクスが並び、その距離は三キロ以上もある。壮大なスケールだ。

「ツタンカーメンはカルナック神殿も復活させ、アメン神信仰を取り戻していった。だけど失われたパピルスには、アケトアテンを再興するのは、ツタンカーメンと書かれている……」

スフィンクス参道の終点が、ルクソール神殿だ。塔門からなかに入ってゆくと、列柱が並ぶ庭が広がる。

ルクソール神殿には、ツタンカーメンが行った〝オペトの祭〟の壁画が残されている。年に一度、アメン神と妻であるムト神、彼らの子供であるコンス神の像を船に見立てた神輿《みこし》に載せ、カルナック神殿からルクソール神殿へと運ぶ。それがオペトの祭りだ。祭りの間は民衆に食べ物が振る舞われた。盛大な祭りだったのだ。

「これを見る限り、繁栄を取り戻したエジプトにツタンカーメンが君臨しているように思えますが……本当にお飾りの王だったのでしょうか？」

その場所には、ツタンカーメンと王妃アンケセナーメンの彫像も置かれている。ツタンカーメンは結婚をして、子供も授かったが二人とも死産だった。ツタンカーメンの子供のミイラも墓から発見されている。

「ツタンカーメンの治世は、九年間。十歳のツタンカーメンは、やがて大人になってゆく。もしかしたら、アイやホルエムヘブの手を煩わすこともあったのかもしれないわね」

ルクソール神殿を後にした美羽と小栗は、王家の谷へ向かった。ナイル川を渡り、西岸へと車を走らせてゆく。西岸は田園地帯が広がり、緑のなかに巨大な遺跡が現れる。

今は遺跡管理のために人が住まなくなったクルナ村の脇を行くと、丸い屋根のカーター・ハウスが見えてきた。ハワード・カーターはここから王家の谷へ通い、発掘を続けていたのだ。

岩砂漠の谷に敷かれたアスファルトを行く。曲がりくねった道の両側には、砂漠の崖《がけ》が続いた。

「王家の谷は、かなり谷の奥深くに作られたんですね」

「それだけ古代には、盗掘が蔓延《はびこ》っていたのよ」

やがて王家の谷が見えてきた。谷の入り口にはゲートがあって、駐車場には、大型の観光バスが並んでいた。

古代、盗掘を避けるためにこの王家の谷が造営地に選ばれたが、それでもほとんどの墓は古代から盗掘にあっていた。近代になってヴィクトル・ロレやハワード・カーターという考古学者が墓の発見に成功したが、手つかずの墓はツタンカーメン王墓だけだった。

王家の谷に入って行くと砂漠の岩山の麓《ふもと》に、点々と蟻の巣のような入り口が見えてくる。墓はすべて岩窟《がんくつ》墳墓だ。発見されている数は六十四基。ツタンカーメン王墓は六十二番目に発見され、谷のほぼ中央に位置する。

美羽と小栗は、ツタンカーメン王墓へと歩いて行く。

ツタンカーメンは、カーターが発見するまで古代エジプト史には存在しない王だった。カーターは地道な研究でツタンカーメンという名の王が存在することを信じていたが、考古学者仲間の冷笑を買うこともしばしばだった。発掘は何の成果も得られないまま五年間続けられ、スポンサーのカーナヴォン卿《きょう》は資金繰りに行き詰まって発掘の打ち切りを告げた。

一九二二年十一月四日、発掘終了の年に、カーターはラムセス六世時代の小屋の遺跡を撤去するという行動に出る。小屋の遺跡の下から現れたのが、ツタンカーメン王墓への入り口だった。こうして奇跡の発見は成し遂げられたのだ。

美羽と小栗は、ツタンカーメン王墓へ続く階段を下りていった。石灰岩を掘り込んだ狭い斜路だ。斜路をぬけると、王墓の前室に突き当たる。

二人は、前室に置かれたアクリルケースを覗《のぞ》き込んだ。そこにツタンカーメンのミイラが横になっていた。

「ツタンカーメン……」

「やっぱり、どこか不気味ですね」

王のミイラは、埋葬室に置かれた黄金の棺のなかで九十年近く眠っていたが、二〇〇五年に行われたミイラの科学調査をきっかけに、温湿度管理されたケースに移された。

ミイラのクオリティは、決して良いものではない。華麗な黄金のマスクの下で眠っていたツタンカーメン王は、窪《くぼ》んだ目と炭化した黒い皮膚、剝《む》き出した歯という、生前の素顔を想像するのは難しいものだった。

前室の奥に棺が置かれた埋葬室があり、さらに二つの副葬室が設けられていた。

埋葬室の壁画には、葬儀の様子が描かれている。そして、冥界《めいかい》へ向かう王が神々と対面し、最後にオシリス神がツタンカーメンを受け入れている図が描かれている。

墓の規模は、後に即位したホルエムヘブやラムセス六世の墓と比較すると、極端に小さく粗末なもので、壁画も埋葬室に残されているだけだ。それでもこの墓には、眩《まばゆ》いばかりの二千点を超える秘宝が納められていたのだ。

美羽は、埋葬室を見つめている。部屋の中心には、死者を守るように羽を広げている女神が四隅に配置された石棺が置かれ、黄金の棺が納められている。

「巨大なオペトの祭りを執り行うほど権力を持っていたツタンカーメン……実は大エジプト帝国に君臨する王だったと仮定すると、この墓の小ささはどういうこと？　なぜ、ツタンカーメンの墓はこんなにも小さなものだったの？」

「仮説では急な死を迎えたので、本当の墓は完成していなかった。だから、倉庫として使われるはずだった墓が使われた。西谷に造られた次代の王アイの墓が、ツタンカーメンの墓になるはずだったんです。アイの墓は王に相応《ふさわ》しい巨大なもので、石棺はここにある棺と瓜二《うりふた》つだった。アイは、ツタンカーメンの墓を自分のものにしたんですね」

「じゃあ、ミイラの状態は？　ミイラ造りは当時最高の技術を持ち合わせていた。なぜ、ツタンカーメンのミイラは、綿密に造られなかったの？」

「急な葬儀のため、と考えられています」

「なぜ、葬儀まで急ぐ必要があったの？」

「それは分かりません」

「もう一つ。ホルエムヘブは、アクエンアテン王だけでなく、なぜツタンカーメンの存在まで消そうとしたの？」

「それは、アマルナの一族だからです。アクエンアテン王の息子、ツタンカーメンだからです」

「アイの痕跡も消したわよね？　歴代の王の名が刻まれているアビドスの王名表では、アクエンアテン王、ツタンカーメン、アイの名前も消されている。だからカーターがツタンカーメンの存在を主張した時に、他の考古学者の冷笑を買った。王名表にそんな名は載っていないから」

「アイが即位したのは、ツタンカーメンの死後、王家には王になれる身分の者はいなかったからです。ツタンカーメンの子供は死産でしたからね。唯一アイは、最も王家に近い存在だったんです。ツタンカーメンの王妃だったアンケセナーメンと結婚をして王になりますが、アンケセナーメンはヒッタイト王子に手紙を書いています。身分の低い者との結婚は耐えられない、ヒッタイト王子を王にする準備はできています、と」

「黄金の玉座の件に戻るわよ。なぜ、アメン神を復興させて繁栄を取り戻したエジプト帝国の王ツタンカーメンは、アテン神に祝福される玉座を造り、自らの墓に入れたのか？」

「それは、それは……」

　小栗は、言葉に詰まった。

「どうしてなの？」

「完全に矛盾しているんですけど、王の立場でありながら、アテン神信仰を持っていたからです」

「そう。やっぱりツタンカーメンはアテン神信仰だったのよ。幼くして即位したツタンカーメンは、確かにアイやホルエムヘブの言いなりだったけど、やがて大人になって実権を握っていった。そして、父アクエンアテン王のように宗教改革を起こそうとした」

「でも、そんなことが許されるはずはありません。最高にやばいじゃないですか」

「やばい？　何がやばいの？」

「だって、最高の権力を持った王が、アテン神信仰だったなんて。そうなったなら……」

美羽は、小栗の言葉を待った。小栗は、じっと美羽を見つめていたが、あの言葉を口にした。

「暗殺されますよ。ホルエムヘブとアイに」

「わたしもそう思う。ツタンカーメンは殺されたのよ」

「じゃあ、ホルエムヘブはツタンカーメンを殺して、王になった後でアテン神の痕跡を消したんですか？　なぜです？　王になったらそんな必要はない。恐れるものは、何もないはずです」

「恐れるもの？」

「そうです。王になれば、恐れるものは何もない」

「あるとしたら？」

小栗は、喉《のど》を鳴らした。

「ひとつだけあります。ひとつだけ、恐れるものがある」

美羽は、ツタンカーメンの棺を見つめた。

「王の復活、ツタンカーメンが復活すること。ツタンカーメンは王という権力を持ったアテン神信仰者だった。国を揺るがす恐ろしい存在。だから暗殺して、復活しないようにミイラから心臓を抜き取り、永遠に葬った」

「ホルエムヘブは痕跡を執拗《しつよう》に消し、墓も封印して存在そのものを消したんです。三千三百年間も王墓が発見されなかった理由は、そのためです」

「ツタンカーメンは悪しき存在。恐怖の存在だったのよ」

その時、美羽は激しい悪寒に襲われた。凍り付くような冷気が体を包んだ。

美羽は、ゆっくりと振り向いた。そして、目を見張った。

ツタンカーメンのミイラが、ケースの外にいた。細く真っ黒な体を曲げて屈《かが》んでいるように見えた。

「まさか……」

ミイラが顔を上げて立ち上がった。黒く落ちくぼんでいるはずの目が、赤く光っていた。こちらに歩み寄って来る。美羽は恐怖して後退《あとずさ》る。ミイラの口が開いた。

「センネンノトキヲコエ、ワレハヨミガエル！」

5

美羽が目を覚ました。古いヴィクトリア調の部屋だ。ルクソールのホテルの部屋だった。

体を起こして髪をかき上げ、長い息をついた。心臓が高鳴っている。

ツタンカーメン王墓のなかで、ミイラが甦る幻影を見て気を失いかけた。ホテルに戻って休みを取ることにして、早々にベッドへ潜り込んだのだった。

ベッドサイドに置いた腕時計を見ると、七時五分を指していた。まだツタンカーメンが復活した不気味なイメージが、脳裏にちらついていた。

バスルームに行ってシャワーを浴び、自分を鏡に映した。

胸のアンクの痣は赤く、腫《は》れるように大きくなっていた。触れてみると熱を持っていて鼓動しているように感じた。

グールの谷で眠る〝何か〟が、わたしを呼んでいるのか……。

ツタンカーメンの心臓の行方は分からない。この先、どこへ行けばいいのか。残された場所は、あそこしかない。グールの遺跡だ。

グールの遺跡には歴代のファラオが信仰し、神に祈りを捧げる神殿が造築されている。ラムセス二世は、カルナック神殿のように列柱の部屋も造っている。ツタンカーメンに関連する記録が残されているかもしれない。

だが昨年、アメリカ隊と向かった時には激しい砂嵐に襲われ、谷の入り口にすら辿り着くことができなかった。大きな力に拒まれているような気さえした。

今回は上手《うま》く行くのだろうか？　だが、他に手立てはない。

新しい服に着替えてロビーに下りて行った。古いシャンデリアが下がるロビーのソファーには、小栗がいた。

おはよう、と言ってロビー脇に置いてあるカルカデを取り、小栗の前に座って紫がかった赤色の液体を飲んだ。カルカデはハイビスカスティーを冷やしたものだ。甘酸っぱさが口に広がった。

「今日はどうしますか？　行く当てはあるんですよね？　ツタンカーメンの心臓の手がかりがあるなら行きましょう」

「小栗くん、もしかしたら上手く行かないかもしれない。だけど、行くしかないと思っている」

「グールの谷ですね?」

美羽が頷く。

「あそこしかない、でも、あそこに小栗くんを連れて行くのは……」

「大丈夫ですよ。ぼくは行きませんから」

「えっ?」

「グールの谷に入れるのは、〝案内人〟だけなのではないですか? グールの谷は、おそらく神々の領域なんですよ。遺跡の表で、日下先生が戻るのを待ってますよ」

なんという好青年だ。美羽は、感動すら覚えた。

「そう、分かった、ありがとう」

小栗は、微笑んで軽く頭を下げた。


美羽と小栗は、まずカイロを目指した。ルクソール空港でキャンセルチケットを手に入れ、午後にはカイロ空港へ降り立つことができた。

グールの谷までの移動手段をどうするか。エルシャリフ博士へ連絡を入れようとも思ったが、止めておくことにした。事が大がかりになる可能性がある。調査隊を編成するとも言いかねない。四輪駆動車が一台あれば、何とかなる。

美羽は、彼らに連絡を入れることにした。二年前に世話になった連中だ。

カイロ空港の到着ターミナルを出て、駐車場に下りてゆく。

「迎えが来るはず……」

美羽が辺りを見回す。しばらくすると派手な装飾を取り付けた真っ赤な軽トラックと、四輪駆動車がクラクションを鳴らして現れた。美羽の前に車を停めると、ガラベイヤ姿の男たちが降りてきた。

「久しぶりだな、日本人のべっぴんさん。元気だったかい？」

「また例の場所に行くのか。懲りねえなあ」

美羽は、男たちと握手を交わす。

男の一人が、ところどころ錆《さ》びている四輪駆動車のボンネットを叩《たた》いた。かなり古いタイプだ。

「今回は、この車。見た目は悪いが、まだまだ走れる」

小栗は、圧倒されて立ち尽くしていた。

「あの、この人達はいったい……」

「お友だちよ。さあ、行きましょう」

美羽と小栗は、車の後部座席へ乗り込んだ。美羽は、小栗に彼らのことを話した。

ハヤワン一族——古くからスネーク・ハンターを生業《なりわい》としている一族で、エジプト各地に出掛けて行き、コブラやカメレオンなどの小動物を捕獲してペット用に輸出している。最近は食用蛙の養殖で会社として成り立っているらしい。昔からガイドブックには載らないようなマイナーな遺跡への案内人として、ヨーロッパ人と付き合いがあったという連中だ。

「今回はお導きがあるかな。アメリカ人は辿り着けなかったからな。ひどい砂嵐でな」

「カンビュセスの砂嵐さ。もう少しで砂に埋もれるところだった」

エジプトの西砂漠には、古代ペルシャ王カンビュセスがエジプト征服のために軍隊を送り込んだが、砂嵐に飲み込まれて砂漠に消えてしまったという伝説があるのだ。

ハヤワンの男たちは、わいわいと勝手に喋《しゃべ》り続けている。

車は喧噪のカイロを抜け、オアシスへ向かうハイウェイへ乗った。広大な砂漠が目の前に広がった。砂漠のハイウェイをひたすら走って行く。同じ砂漠の風景が延々と続く。

やがて砂漠に緑地帯が現れた。近づくにつれ、緑が大きくなるように見えた。

バハレイヤ・オアシスだ。

その頃には、西の空が夕日で赤く燃えていた。太陽が砂漠に落ちる瞬間、幸運をもたらすグリーンフラッシュが見えたような気がした。

バハレイヤのホテルで一泊して、次の日の早朝にまた走り始めた。

オアシスの街を抜け、砂漠のハイウェイへと出る。空は抜けるように青く、砂漠は朝の太陽の光を反射して輝いて見えた。

「どうやら今日の神々は、機嫌がいいらしい」

ハイウェイから砂漠地帯へ降りて走る、走る。

砂漠は色を変え、白砂漠となった。

やがてアカシアの樹の丘が見えてきた。車は丘を駆け上がって行き、アカシアの樹の脇に停まった。

ハヤワンの男たちは、車を降りて軽トラックの荷台へ乗り換えた。

「四駆には三日分の水と食料、往復のガソリンが積んである。この先は日本人だけで行ってくれ」

「ありがとう。助かったわ」

「あんたは特別さ。〝案内人〟だからな。神のご加護を」

サヨナラ、と日本語で別れを言い、ハヤワンの赤い軽トラックは去って行った。

小栗は、辺りを見回して溜息をついた。

「こんなサハラの奥まで来たのは初めてです」

静かですね、と呟いた。

丘の上からも、広大な砂漠に広がる白いキノコ岩の群が見えた。それは永遠に続いているようにも思えた。

「もっと走らなきゃいけない。行きましょう」

車に乗り込んだ美羽は、エンジンを掛けた。小栗も乗り込んだ。

また砂漠を走ってゆく。キノコ岩の間を抜け、黒砂漠を行く。そして、砂丘を越えてゆく。

美羽には予感があった。

古代の神々は、迎えてくれる。必ず――

そして、美羽たちの前に、巨大な岩山の裂け目が現れた。美羽は車を停めた。

「ここが……」

「グールの谷よ」

抜けるような青空の下、天空へ神の腕を広げるように、巨大な谷が目の前にあった。

美羽は、恐ろしさが込み上げてきた。この先にはグールの遺跡が、怪物が、〝何か〟が棲《す》んでいるのだ。

「行くしかない」

美羽は決意してアクセルを踏んだ。車は谷底を進んでゆく。辺りが霞《かす》んできた。砂嵐だ。霧のような、侵入者を取り囲む砂嵐。美羽はヘッドライトを点け、スピードを落として進んだ。

どのくらい進んだのだろうか。砂嵐のなかに、建物のような影が見えてきた。

美羽は車を停めた。

古代の住居址《し》が見えていて、遠くに塔門が霞んで見えた。

「着いた、グールの遺跡……」

美羽がハンドルを放してシートへ体を預けた。

小栗は、目を見開いてフロントガラスの向こうに見える遺跡を凝視した。

「遺跡だ……ここがグールの遺跡……」

小栗は、ドアを開けようとする。

「待って、小栗くんはここで待っている約束でしょう？」

「日下先生は行くんですよね？　だったら、ぼくも行きます」

「でも、待っているって……」

小栗は、美羽を見据えた。真顔だった。

「そうでも言わなければ、ぼくを置いてゆくつもりだったでしょう。馬鹿にしないで下さい、ぼくだって研究者の端くれだ。古代の真実に迫るなら、嘘くらいつきますよ！」

しまった……。彼を見くびっていた。彼も古代の真実に面と向かって取り組んでいるのだ。いや、ここは神々の領域だ。何が起きるか分からないのだ……。

「わたしだって、どうなるか分からないのよ」

不安が込み上げたのか、小栗はドアから手を放した。

「……それでもぼくは行きます。グールの遺跡を見てみたい！」

美羽は思った。アメリカ隊はここまで辿り着くことができなかった。彼がグールの遺跡へ辿り着いたということは、何か、意味があるのではないのか？

「小栗くん、もしも〝何か〟――オシリス神に対面した時、何て答える？」

「こんな時にクイズですか？」

「答えて」

小栗は、考える。そして言った。

「マア・ケルウ、声正しき者」

もしも女性だったらマアト・ケルウトだが、小栗は男性名詞、マア・ケルウだ。

「行きましょう」

二人は、ドアを開けた。

6

車を降りて遺跡に向かって歩いて行く。住居址が近づいてくると、踏みしめる砂漠が石畳になった。

小栗は広がる古代の街を眺めて、感嘆の声をあげた。

「ほとんどが礎石だけのようですが、日干し煉瓦が積まれた壁も残されていますね。区画整理されて……パン焼き窯《がま》の址《あと》もある……ギザのワーカーズ・ビレッジに似ています。いつ頃のものだろう……」

ワーカーズ・ビレッジは、ピラミッド建設に携わった職人たちが住んでいたギザの南砂漠で発見された村の遺跡だ。家族で住み、医療制度まで整えられていたと考えられている。

やがて二人の前に、巨大な塔門が現れた。

「この大きさで考えられるのは、ラムセスの塔門でしょう」

二人は、塔門の入り口脇に聳《そび》えるラムセスの座像の間を行った。

塔門を越えると屋根がある神殿があり、なかに入るとオシリス柱が並んでいた。壁には歴代の王の名が連ねられた王名表が刻まれていた。小栗は、王の名を表すカルトゥーシュに釘付《くぎづ》けになった。

「古王国時代、新王国時代……プトレマイオス朝の王まで刻まれている……すごいですね、アビドスの王名表よりも長い年代です。クレオパトラの時代に造られたのかもしれません」

「小栗くん、今は先へ進むことを考えて」

小栗は頷き、美羽の後に続いた。

オシリス神殿を抜けて列柱に囲まれた庭を通り、塔門をくぐると、再び列柱で囲まれた庭に出た。奥には巨大な座像が待っていた。小栗が座像を見上げる。

「アレキサンダー大王だ……」

「そう、アレキサンダー大王は、バハレイヤの先にあるシーワ・オアシスで神託を受けた記録が残っているけど、明らかにこの遺跡で神託を受けている。この座像が証拠よ」

小栗は、頭を振って息をついた。

「この遺跡、かなりやばいです。三千年続く信仰が刻まれている。日下先生、この遺跡を研究して成り立ちを解明すれば、古代エジプト史はおそらく塗り変わります」

美羽が頷く。

「ツタンカーメンに関連した記録が残されているとしたら、可能性があるのはホルエムヘブだと思う。ホルエムヘブは軍事遠征も行っているから、必ずここで神託を受けている。ホルエムヘブがツタンカーメンのことを書き記したかもしれない」

「そうですね。捜しましょう、ホルエムヘブの遺跡を」

美羽と小栗は、列柱が並ぶ壁を見ていった。壁には様々なレリーフとヒエログリフが刻まれていて、セティやラムセスなど新王国時代の王のカルトゥーシュを見つけることができたが、ホルエムヘブの名はなかった。

庭の横に塔門が造られていて、美羽は塔門を潜って奥に進んだ。塔門は、いくつも連なるように造られていて、果てしなく続いているように思えた。

日下先生——と、遠くで小栗の声が聞こえた。美羽は来た道を戻ってアレキサンダー大王の庭に戻ったが、小栗の姿は見えなかった。

小栗の名を呼ぶと、こっちです——と、声が聞こえた。先ほどの塔門とは、反対方向だった。

美羽がそちらへ向かうと、列柱の後ろの壁が途切れていて、入り口のように見えた。

美羽がなかに入ってゆくと、列柱が並ぶ庭があり、突き当たりにはピラミッド型の屋根の建物があった。小栗は建物の壁に向かっている。

「トゥーム・チャペル。ホルエムヘブの遺跡ね」

「サッカラにあるホルエムヘブの墓にそっくりです」

ホルエムヘブの墓はルクソールの王家の谷に造られているが、貴族時代に自らの墓をサッカラに造っている。トゥーム・チャペルというピラミッド型の屋根がある貴族墓で、神殿のように列柱が並ぶ庭があり、シャフト型の埋葬室が造られているものだった。

建物の壁面には、連続してホルエムヘブとホルス神の図が描かれていた。

「ホルエムヘブが跪《ひざまず》いて、ホルス神の左目、ウジャトの目を授けられていますが……これを見て下さい」

小栗は、あるレリーフを指差した。

祈りを捧げる人々の中心には、剣を持つホルエムヘブが描かれていた。ウジャトの目を持ち、翼まで描かれている。その姿はホルス神そのものだった。

一般的に王は神の子であり、神に向かって礼拝する図が描かれるが、この図は人間であるホルエムヘブが神として描かれているものだった。

「ホルエムヘブが、ホルス神と一体化している……？」

「ホルス神に変身しているのかもしれません」

次の壁面のレリーフは、アテン神と、神となったホルエムヘブが左右対称に描かれているものだった。足もとには、軍隊が行進する図が描かれていた。お互いの軍隊が戦闘を始めるということを表しているのだろう。

ホルエムヘブの軍隊は屈強な姿に描かれているのに対し、アテン神の軍隊は一様に長い顔で手足が長く描かれていた。

「アテンの軍隊には、アテン神が取り憑いている……」

そして、アテン神とアメン神の背後には、ピラミッドがあった。そのピラミッドは逆さに描かれていて、三角形の頂点を下に向けていた。

「逆さピラミッド……」

レリーフのピラミッドは、黒く色が塗られている黒いピラミッドだった。

「どういうことでしょう？」

「分からない……」

それからホルエムヘブの遺跡に描かれているレリーフを見てゆくが、ツタンカーメンに関連する記述は見つけることはできなかった。

美羽と小栗は、アレキサンダーの庭に戻った。

古代、アテン神とホルス神の戦いがあった。それが、アケトアテンが終わる理由だったのかもしれない。そして、戦いの場には、黒いピラミッドが現れたのか？

〝破壊の神〟は黒いピラミッドなのか……？

このグールの遺跡の至聖所には、黒いピラミッドがある。〝何か〟が眠っているピラミッドが……。

ツタンカーメンの心臓の在処はまだ分からない。古代、何があったのか？　ツタンカーメンの心臓は何処にあるのか？

この先、行くとしたら黒いピラミッドのなかへ入り、〝何か〟と対面することだ。

――先へ進むしかない。

「日下先生、グール遺跡の中心部には、まだ辿り着いていないですよね？」

「この先は、神々の領域よ」

小栗は、頷いた。

「案内をお願いします」

美羽はアレキサンダーの座像の裏へ向かった。行き止まりの壁には一カ所だけ一メートルほどの隙間があった。美羽がなかへ入り、小栗も続いた。

そこには、壁にびっしりとヒエログリフが刻まれた狭い通路が続いていた。歩いてゆくと行き止まり、右へ左へと通路が続く古代の迷路だった。

「時代がどんどん古くなっている……」

小栗が壁のレリーフを追いながら、夢中になって奥へ進んでゆく。

やがて古王国時代のレリーフへと辿り着いた。そして、ある壁の前で立ち止まり、レリーフを見て尻餅《しりもち》をつくように座り込んでしまった。

小栗の目の前の壁には、幾重にも三角形や四角形が重なった図形が連なり、びっしりとヒエログリフが並んでいた。

「これは……」

「そう。クフ王のピラミッドの建造方法が書かれたレリーフよ」

「驚きです。クフ王のピラミッドがどのように造られたのか、解明できる……四千五百年の謎が解ける……どうしてこの遺跡は、研究されないのですか？　エルシャリフ博士は、もう知っているんですよね？」

「このレリーフがあることは知っている」

「それならどうして……」

小栗は、はっとして美羽を見た。

「〝何か〟の存在のせいですか？」

「わたしもこの発見を持ち帰らなければならないと思った。だけどできなかった。小栗くん、何か記録するものを持っている？」

小栗は、体を探った。

「あ、バッグは置いてきてしまいました。ペンもない。おかしいな……」

「二年前、ここにカメラを持ち込んだ人がいた。その人は、砂漠に飲まれてしまった」

「飲まれたって……」

「文字通り、砂漠に飲まれたのよ。ここに来たら記憶するしかない。だけどその記憶は、いつの間にか現実感がなくなるの。ここの秘密が守られてきたのは、〝何か〟の力が作用していると思う」

「どういうことですか？」

「もしかしたら、小栗くんがここまで来たのは、理由があるかもしれない」

「理由？　ぼくに、何か役割があるんですか？」

美羽は頷くと、奥へ行って迷路を抜けた。小栗も立ち上がって、美羽の後を追った。

迷路を抜けると、壁画に囲まれた、砂漠の広い部屋があった。

至聖所だ。

小栗は立ち止まり、至聖所の中心にあるものを啞然《あぜん》と見上げた。

「これは、ピラミッド……！」

二人の目の前には、黒いピラミッドがあった。高さが十メートルほどの漆黒の艶《つや》を放つピラミッドが、静かに聳えていた。

小栗がふらりと砂漠に足を踏み出すと、美羽は制するように小栗の手を取った。

「これは、古代エジプト人が造ったものではありませんね？　〝何か〟ですか。〝何か〟のことを古代エジプト人が神々と呼んだ……」

「たぶんこのピラミッドは、古代エジプト文明が発祥する以前からここにあった。今見えているのは、頂上部分。砂漠の下には巨大なピラミッドが埋もれている」

「古代エジプト人は、信仰の対象として神殿を造築していった。だからこのピラミッドを取り囲む神殿には、歴代のファラオの痕跡が残されているんですね。ギザのピラミッドが誕生したのも、この黒いピラミッドの影響を受けている……」

「このピラミッドのなかへ入らなければいけない。入り口はピラミッドの上部にあって、ウジャトの目の形をしている。だけど、ここの砂のなかには……」

美羽が話している間に、砂漠がうねりだした。砂を跳ね上げ、何かが砂のなかから飛び出そうとしている。

「まずい、来た……」

「来た？」

「走って！」

美羽は小栗の手を取ったまま、走った。

砂を跳ね上げて怪物たちが姿を現した。顔が、手が、足が奇妙な位置にある得体の知れない姿の怪物だ。この遺跡を訪れて、最後の審判に振り落とされた人間たちだ。怪物は、悲鳴のような叫びを上げて美羽たちに迫った。

「ピラミッドを登って」

ピラミッドの下に辿り着いた美羽が叫ぶ。小栗は、頷いて軽快によじ登って行った。

美羽も登ろうとするが滑ってしまい、砂漠に引き戻された。

「先生！」

小栗が滑り降りて来た。

「何やっているの、早く登って」

「でも、このままじゃ……」

怪物たちが目の前に迫った。その醜悪な顔を美羽に向け、巨大な口を開いた。

——うおおおおおん！

至聖所に響き渡る雄叫《おたけ》びが聞こえた。耳を劈《つんざ》くような声に、美羽も小栗も耳を塞《ふさ》いだ。怪物たちは空を見上げ、虚《うつ》ろになって動かなくなった。

怪物の群が割れ、〝何か〟が姿を現した。

美羽の父親、健介だった。いや、健介の姿の怪物アメミットだ。

「あれ、お前、なんでここにいるんだ……」

小栗は、呆然として健介を見つめた。

「大樹、大樹か……なんだ、昔のままじゃないか。はは、久しぶりだな……」

小栗は、夢を見ているような顔をしている。おそらく小栗が抱えているトラウマの相手の人物が見えているのだろう。

「しっかりして。アメミットは自分が見たい姿に見えるの」

健介はピラミッドを登って行く。ピラミッドの上部には、ウジャトの目が描かれていた。健介は美羽を見て、ふっとウジャトの目のなかに吸い込まれていった。

「どこへ行く、待てよ、おい」

小栗はアメミットの虜《とりこ》になってしまったように、ピラミッドを駆け上がるとウジャトの目のなかへ消えていった。美羽もピラミッドへ登り、ウジャトの目のなかに入った。

美羽は、回廊を滑り降りていった。辿り着いた場所は大回廊だった。切り妻型の天井がある巨大な通路だ。

「小栗くん、どこ？」

何度か小栗の名を呼んで辺りを見回すが、姿は見えなかった。美羽は奥へ進んだ。

大回廊の奥には、埋葬室があった。広大な四角い部屋に棺が並んでいる。その数は果てしなく、終わりが見えなかった。

神々が眠る部屋だ。

美羽は、歩いて行った。棺のなかには古代エジプトの神々、半獣神が眠り、また朽ち果ててミイラとなっていた。どの神も、その手や胸にアンクを持っていた。

山犬の頭のアヌビス神……猫がモチーフとなっているバステト神……神々は動物に例えられているが、違う姿だ。もっといびつな、不気味な生き物に見える。

二年前は、オシリス神と対面した。オシリスは白い、巨大な蛞蝓《なめくじ》のような姿だった。

オシリスの棺は何処だろう……？

美羽が棺の間を歩いて行くと、一際巨大な棺があった。美羽の背よりも大きく、美羽は棺に手をかけて体を持ち上げ、なかを覗《のぞ》いた。

目の前に悪魔のような二つの角を生やした顔があった。それは巨大な牛の姿の神――セラピス神だった。目が動いたような気がした。

思わず手を離し、床に倒れ込んだ。セラピス神が起き上がるかと思ったが、棺は静かなままだった。

背後に気配がした。振り向くと、健介の姿のアメミットだった。

アメミットは通路を歩いて行った。美羽は、その後を追った。

どこからか、悲鳴が聞こえた。小栗の声だった。

「小栗くん……！」

見回すが、四角い棺が並んでいるだけで、小栗の姿は見えない。

どうしようもない……ここでは彼らに従うしかない……。

やがて通路は行き止まりとなった。健介は、壁のなかに入って行く。壁にはアンクの印があった。美羽はアンクを押した。体が壁を通り抜けた。その途端、息を呑《の》んだ。

目の前には巨人が座っていた。美羽は驚いて後退るが、巨人はじっとして動かなかった。

巨人は鳥のような頭で上半身は羽毛で覆われ、背中には閉じた翼が見えた。下半身は人間のように思えた。

——ホルス神？

壁画では隼《はやぶさ》の頭を持つ神として描かれているが、もっと凶暴な野獣のように見えた。巨人の目は黄金に輝き、ぎらぎらした獣じみた光を放っていた。

ホルスが顔を近づけてきた。その顔だけで美羽の上半身ほどの大きさだった。美羽は思わず身を引いた。

「オマエハダレダ」

声が頭のなかで響いた。

「マアト・ケルウト。コエタダシキモノ」

頭の中で答えた。

「ノゾミハナニカ」

美羽は一瞬躊躇《ためら》うが、今、古代神に尋ねることは一つだった。

「ツタンカーメンの心臓は、何処にあるの？」

ホルスは、かっと黄金の目を見開いて美羽を凝視した。その目の中に宇宙を見た。

次の瞬間、弾《はじ》き飛ばされたような感覚に襲われ、光が渦巻いて体ごと巻き込まれていった。

回転が終わると、浮かんでいるような感覚があった。

美羽は宇宙に浮かんでいた。星々のなかを黒いピラミッドが飛んで行くのが見えた。

そして、落ちていった。それが意識なのか体なのかは分からなかった。

目を閉じていたことに気付いて、目を開けた。

美羽は、聖東大学の研究棟の廊下にいた。

壁を見ると、備え付けられている鏡に自分が映っていた。制服姿の少女の姿だった。

思い出した。昔、父の健介を訪ねてこの研究室へやって来たことを。

「お父さん……」

美羽は歩いて行った。旧研究室のドアを開けると、机が並んでいて書類や資料が山積みになっていた。部屋には誰もいない。健介がいる准教授室のドアは、この部屋の奥にある。

一歩、部屋に入ると嫌な予感がした。怪しい気配が部屋に充満している。

美羽は廊下に出て、奥に進んだ。そこには資料室のドアがあった。美羽はドアを開けた。

古代の遺物が幾つも置かれている部屋だった。彫像やレリーフの間を抜けて、奥へ進んだ。

そこにはカーラの棺があった。大きな極彩色の棺だ。

「カーラ……」

裸足《はだし》の足が見えた。棺の側に誰かが立っている。

少女だった。

髪は編み込み、腰布を巻いているだけの裸の少女だった。その胸にはアンクの形の痣があった。

「アンク！」

少女が絶叫した。美羽は少女に吸い込まれていった。

7

カーラ、カーラ……美羽のなかでその名が渦巻いた。闇だ。手を伸ばすが何も摑めない。ここは、どこだ？　何か、大きな音が聞こえる。大勢が、叫んでいる。

美羽が目を開ける。その光景に愕然《がくぜん》とした。

半裸の男たちが、槍や棍棒《こんぼう》を振り回しながら戦っていた。その数は数百人だろうか、夥《おびただ》しい数の兵が激突していた。

美羽は、叫んでいた。自分の意思とは無関係に体が動き、叫んでいる。

わたしがいるのは……。

か、か、かーラのなかだ。

この戦いは何だ？　ここは、何処だ？

戦う男たちの向こうに建物が見える。パピルス柱が支える四角い屋根の白い建物、その壁に描かれているのは、ナイル川の様子、鳥が飛ぶ場面……。

ここはアケトアテンの王宮のなかだ！

戦う男たちのなかに、チャリオットに乗った屈強な背の高い男がいた。身分が高いのか、鳥の羽をあしらった兜《かぶと》を被り、体には鎧、手には槍と盾を持っている。その片目には黒い眼帯があった。

美羽には、分かった。ホルスは歓喜するという名の男――

ホルエムヘブだ！

ホルエムヘブはチャリオットを走らせ、銀色の兜の軍団と交戦している。銀色の兜の兵たちは、皆一様にひょろりと背が高く、動きも鈍かった。

これは反乱だ。アクエンアテン王に対する、ホルエムヘブの反乱なのだ。ホルエムヘブ軍が戦っているのは、アテン神軍だ！

ホルエムヘブが剣で一人の首を刎ねた。転がった兵の口から、触手を動かす生き物が這い出てきた。アテン神だ。ホルエムヘブは動き回るアテンを剣で突く。アテンは激しく触手を動かすが、やがて息絶えた。

――アテン神軍には、アテン神が取り憑いている！

ホルエムヘブの兵たちは、アテン神軍の兵たちの首を落とそうとするが、青銅の剣では簡単に落ちるものではない。アテンの兵は、半分繋《つな》がった首を垂らしながら起き上がり、槍が首に突き刺さったまま襲いかかってきた。

上手く首を落とした兵から這い出したアテンは逃げ回り、ホルエムヘブの兵に襲いかかっては口の中へ入り込んだ。ある兵は精気を吸い取られて屍《しかばね》のようになり、またある兵はアテンに身体を乗っ取られてホルエムヘブ軍を襲った。

ホルエムヘブは、絡みつくアテンの兵たちを振り切ってチャリオットを走らせた。奥には、アテン神のレリーフが施されている建物があった。アテン神殿だ。

ホルエムヘブが神殿内へ突進してゆくと兵たちも傾《なだ》れ込んでいったが、立ち竦んだ。神殿内には、頭から伸びた触手を蛇のように蠢《うごめ》かして立ち塞がっている女たちがいた。それはもはや怪物の姿だった。女たちの向こうに高貴な服装の女がいた。古代の胸像にあったような筒のような長い冠を被っている。

——ネフェルティティだ。

侍女たちが、王妃を守っているのだ。

ホルエムヘブが叫び、兵を鼓舞した。兵は声を上げて侍女たちに槍を投げ、弓を放った。怪物となった侍女たちは、触手を振り回して兵を投げ飛ばし、串刺《くしざ》しにした。

兵は数で応戦し、侍女たちを囲んで一斉に槍で突いた。ホルエムヘブが侍女の首を刎ねると、アテン神が飛び出した。兵たちがアテン神を槍で突いた。

ネフェルティティは叫び声を上げると、冠を取った。爆発するように触手が伸び、兵たちを串刺しにした。その攻撃は凄《すさ》まじかった。触手は槍となり腕となり、次々と兵を倒した。ホルエムヘブは、剣でネフェルティティと交戦した。

神殿内の床には石板が置いてあり、裂け目があった。そこから何体ものアテン神が這い出てきていた。裂け目の闇に、巨大な触手が見え隠れしていた。

ホルエムヘブが、一体のアテン神をホルスの剣に突き刺して屋根の梁《はり》へと登った。

黒い眼帯を外した。その目は金色で異様に大きく、別の意思を持つように動いて天を睨《にら》んだ。

ウジャトの目――ホルエムヘブは、ホルス神の目を持っていた。

その姿を見たネフェルティティは狼狽《うろた》えた。その隙をホルエムヘブは逃さなかった。ホルエムヘブは梁から飛び降りると、ホルスの剣でネフェルティティの首を刎ねた。

「ツタンカーテン！」

ネフェルティティの首が叫んだ！

天が黒雲で覆われ、稲妻が走った。何かが、天空に現れた……。


突然、ビジョンが途切れた。美羽は暗闇で目覚め、息を吸った。

ここはピラミッドのなかだ……黒いピラミッドのなか……。

目の前には、ホルスが座っていた。

黄金の目で美羽を見つめている。

古代のビジョンは鮮明ではないが、夢を覚えているような感覚があった。

ホルエムヘブは反乱を起こし、アケトアテンの王宮へと傾れ込んでいた。アテン神を次々と倒し、ネフェルティティの首を刎ねた……そして天には何かが現れた……破壊の神なのか……？　ツタンカーテン……ネフェルティティは、そう叫んだ。

まだ謎は解明されていない。ツタンカーメンの心臓の在処は分かっていない。

ツタンカーメンの死の真相が知りたい――

「コチラニクルノカ」

突然、声が頭に響いた。

こちらに来る？　どういう意味だ？　戻ってこられない、ということなのか？

だが、不思議と恐怖心はなかった。

「ツタンカーメンは、どのように死んだの？　もう一度言うわ。心臓はどこにあるの？」


美羽は、民衆のなかにいた。

カルナック神殿と付属する神殿を結ぶスフィンクス参道には、エジプト各地から来た人々が集まり、若手の神官が食料を振る舞っていた。

オペトの祭りが開かれるのだ。美羽の場所からは、スフィンクス参道が見渡せた。

カルナック神殿の塔門にアイが神官団を引き連れて現れると、歓声と拍手が轟《とどろ》いた。

次に綱を引く何十人もの屈強な男たちが現れた。男たちは船に見立てた橇《そり》に載せたアメン、ムト、コンスの巨大三神像を引き、行進してゆく。

そして、チャリオットに乗った少年が現れた。

ツタンカーメンだ。黄金の正装で身を包み、三神の行進を追い抜いて先頭を取る。

王の登場に大歓声が沸き上がった。後ろに従うのが、ホルエムヘブのチャリオット軍だ。

ツタンカーメン王は、勇姿を見せつけるように行進した。ホルエムヘブが王の右横へ出た。

ツタンカーメンは鞭《むち》を使った。チャリオットが勢いよく走り始めた。ホルエムヘブが煽《あお》っているように見えた。

ツタンカーメンは馬に鞭を入れる。チャリオットは風を切って走った。民衆が立ち上がり、歓声を上げた。付属神殿の塔門が近づいてきた。終着点はもうすぐだ。ツタンカーメンの後をホルエムヘブのチャリオット軍が追っている。

「我こそが、エジプトを支配するファラオである！」

そう叫んだ瞬間、ツタンカーメンのチャリオットの車軸が折れ、車輪が飛んだ。チャリオットは砂塵《さじん》を上げて転倒し、ツタンカーメンの体が地面に投げ出された。後続のチャリオットが迫った。避ける間もなく馬の蹄《ひづめ》が、車輪が王を襲った。さらに後続のチャリオットが王の体を引き裂いていった。

王を襲った惨劇に観衆が立ち上がり、悲鳴を上げた。三神を引いていた男たちが立ち止まり、その弾みでアメン神像が大きく揺れ、ムト女神とコンス神像にぶつかって観客の席に次々と倒れ込んだ。人々は押し潰《つぶ》され、悲鳴が飛び交った。神殿は大混乱となった。

スフィンクス参道に横たわる血だらけの少年王は、カルナック神殿へと運び込まれていった。

美羽は混乱する民衆のなかを走り、カルナック神殿へと向かった。

至聖所へ入ってゆくと、ツタンカーメンを介抱する従者たちが取り囲み、距離を置いて控えるホルエムヘブとアイの姿があった。

王の傷は酷く、骨が折れて胸に穴が開き、太ももの肉がちぎれていた。王は寝具の縁《へり》に摑まり、血を吐きながら、何度も叫び声を上げた。

やがてツタンカーメンの死が近づいてくると、運ばれてくるものがあった。

黄金の玉座だった。

アテン神に祝福されるツタンカーメン夫妻が描かれた玉座だ。運んできたのは、アテンの印を額に付けたアテン神官たちだった。ツタンカーメンを抱き上げると、玉座に座らせた。

ツタンカーメンは椅子にもたれて短く息をしていたが、ふいに静かになった。少年王は時が止まったように静止していた。息を引き取ったのだ。

次の瞬間、ホルエムヘブがだっと駆け寄ると、剣を抜いてアテン神官たちを斬り殺した。

アイは、叫び声を上げて短刀を取り出した。

「王よ、不浄なるアテンに呪われたツタンカーメン王よ、冥界の地イアルで甦ることなく不毛の地へ降り立つのだ！」

アイの短刀が、ツタンカーメンの胸を貫いた。

美羽は悲鳴を上げた！

ビジョンは、荒涼とした砂漠の谷へと変わった。

王家の谷だ。美羽はツタンカーメン王墓を見下ろしていた。

葬儀の行列が谷を練り歩いてきた。

墓に次々と調度品が納められて行く。大きな黄金のカノポス厨子、アヌビス神の像、いくつもの厨子、船、黄金の王の彫像……。

それが終わると、ミイラを納める赤色の石棺が運び込まれていった。石棺はかなりの重さなのだろう、大人数で運び込んでいった。

アメン神官団を伴ったアイとホルエムヘブが現れた。神官たちが墓の前でシストラムを打ち鳴らして祈り始めると、アイは見知らぬ遺物を取り出して呪文《じゅもん》を唱えた。それは黄金の四角い箱のように見えた。

——心臓のカノポスだ！

アイは心臓のカノポスを掲げ、墓のなかへと入っていった。

ホルエムヘブが、こちらを見た。

片目には眼帯がある。もうひとつの目で美羽を見た。

そして、墓への階段を下りて行き、姿を消した……。

8

美羽の絶叫が、ピラミッドの部屋に響き渡った。

頭が割れそうになって、美羽は叫んだ。全身を駆け巡る苦しみに喘《あえ》ぎ、体が絞られるような感覚に襲われた。

やがて、高鳴っていた心臓の音が微《かす》かになってゆくのが分かった。

いいか、
死ぬのか……。

その時、丸い黒い瞳《ひとみ》をした緑色の顔が迫っているのを見た。頭が緑色で体が白く、全体が巨大な蛞蝓のようにぬるりと光っていた。

オシリス神――冥界を支配する死の神だった。

オシリスの触手が、体をまさぐるのが分かった。少しずつ体から苦しみが消えていった。

美羽……と、健介の声が聞こえた。

お父さん、お父さん……。

どこ?

浮遊感に包まれ、自分が宇宙にいるのが分かった。

宇宙空間を、夥しい数の黒いピラミッドが飛んで行くのが見えた。

そして、巨大な白い影が見えた。

アテン神だった。触手をゆっくりと動かす、巨大なアテン神だった。

それは、果てしない大きさの軟体動物のように見えた。


美羽が目を開けた。

生きている……オシリス神が助けてくれたのか？　なぜ……。

頭はぼんやりとしていて、美羽を見下ろすホルスの姿が辛うじて分かった。起き上がろうとしたが、体は鉛のようで動けなかった。

美羽は、古代のビジョンを回想した。ぼやけていた頭のなかの映像が、少しずつ鮮明になっていった。

ツタンカーメンは、オペトの祭りで事故に遭った……いや、あれは仕組まれた事故だったのではないのか？　アテン神信仰を甦らせようとして、おそらく暗殺されたのだ。事故に見せかける形で……。

ツタンカーメン王墓に運び込まれていた遺物は、墓の奥にある宝庫に納められていたものだった。石棺が運び込まれ、心臓が納められたカノポスが墓へ納められた。

ということは……心臓は、墓にある。

ツタンカーメン王墓のなかには、隠し部屋がある。

大きなものが動く気配がした。ホルスが立ち上がっていた。黄金であるはずの左目が黒い穴のように見えた。

ホルスの左目がない……？

ホルスが闇に姿を消すと、座っていた場所に何か光るものがあった。

やっとの思いで体を動かし、這うように近づいてゆくと、それが剣であることが分かった。黄金の剣だった。鞘《さや》に黄金のホルスの装飾がある。

見覚えがあった。ビジョンのなかで、ホルエムヘブが怪物となったネフェルティティの首を刎ねたものだ。

この剣が必要になるということなのか……？

呻《うめ》き声が聞こえた。

闇に目をこらすと、横たわる人影が見えた。

「小栗くん……？」

美羽は小栗に近づいた。

「しっかりして……」

小栗を揺すると、小栗は目を開けて美羽を見るが、はっとして叫び声を上げた。

「古代神が……古代神が眠っている……！」

「大丈夫よ、しっかりして、小栗くん！」

美羽が小栗の手を握る。やがて小栗は、落ち着きを取り戻していった。

「小栗くん、何があったの？」

「……大樹に会ったんです。親友だったんです……」

高校時代の友人の後を追ってピラミッドのなかに入ると、広い無数の棺の置かれた部屋に出た。棺のなかの古代神を実際に見ると、好奇心よりも恐ろしさが勝ってピラミッドを出ようとしたが、いつの間にかこの部屋で気を失ったらしい、と小栗は語った。

「日下先生は、どうしたんですか？」

「古代のビジョンを見た。ツタンカーメンの心臓は王墓のなかにある。王墓には隠し部屋があるのよ」

「隠し部屋……」

「エルシャリフ博士に連絡を取って、王墓に隠された心臓を取り出すのよ」

「ツタンカーメン王墓の調査なんて、そんなこと可能なんですか？」

「そう簡単には行かないとは思うけど……小栗くん、あれを」

美羽が指差した先、そこにはホルスの剣があった。

「ホルス神に託されたものよ。必要な時が来るかもしれない」

「ホルス神に……」

小栗は震える手を伸ばして、剣を手にした。

美羽は、小栗に支えられて立ち上がった。剣を脇に抱え、出口へと向かった。

アンクの印の扉を抜けると、神々の眠る棺の部屋があった。

棺の間を二人が歩いて行く。

「古代の神々……〝何か〟の正体は、何なんでしょう……？」

美羽を抱えている腕に、力が入るのが分かった。

「それは分からない……行きましょう」

大回廊を通り、突き当たりの狭い回廊を上っていった。

回廊を上りきると、体は外へと弾き出された。ピラミッドを滑り降りて、砂漠へ身が投げ出された。

美羽は、辺りを見回した。砂のなかに潜む怪物たちの姿はなかった。遺跡を戻って行く間も、グールの遺跡は静かだった。

遺跡を出て車へ乗り込んだ。美羽は助手席に乗り、小栗が運転席に座った。小栗が車をスタートさせ、アクセルを踏んだ。バックミラーのなかの遺跡は、やがて砂のなかに消えた。

辺りの視界が晴れてきて、車が猛スピードであることに気づいた。

「谷を出た。スピードを緩めて」

小栗は、呆然としながらアクセルを踏んでいる。

「危ない、小栗くん」

美羽は叫んで、小栗の肩をたたいた。小栗は我に返り、ブレーキを踏んだ。砂塵が舞い上がり、車は停まった。小栗はハンドルにしがみついて、大きく息をしている。

「……大丈夫です。行きましょう」

小栗は頭を振り、アクセルを踏んだ。

9

エルシャリフ博士がホルスの剣を手に取り、黄金が輝く鞘から剣を抜いた。刃の部分はくすんではいたが、三千三百年の年月を経たとは思えない輝きを放っていた。

「これは素晴らしい。グールの遺跡で発見された遺物第一号だね。ミス・クサカ。次は是非わたしも案内して欲しいものだ」

ここはカイロの考古省オフィスだった。グールの谷からバハレイヤ・オアシスに戻り、そこで一泊して休みを取った。カイロまでの道のりは、合流したハヤワン一族の車に乗せてもらうことにした。彼らは、生還した美羽と小栗を祝福してくれた。移動の間、小栗はずっと眠り込んでいた。

「それで、失われた心臓がツタンカーメン王墓のなかに隠されているというのだね？」

美羽は、グールの遺跡で見たビジョンの話もしたが、上手く話せなかった。神々の戦いやツタンカーメンの死に際などは夢のような記憶となっていたが、心臓のカノポスが墓のなかに納められて行くビジョンは確かに覚えている。

「ただ、わたしが見たビジョンが真実なのかどうかは、分かりません」

「〝何か〟が見せたビジョンであることは、間違いないだろう」

「博士、ツタンカーメン王墓を調査することはできますか？」

小栗が強く言った。

「多くの考古学者がツタンカーメン王墓の隠し部屋を見つけようとトライしたが、見つかったことはない。だが、もう一度、可能性にかけてみよう」

エルシャリフは席を立った。

「王家の谷へ向かおう」


美羽と小栗は、エルシャリフの車に乗り込んで空港へと向かった。考古省最高顧問が移動する車の前後には、考古警察の車両が護衛で走り、ブルーの回転灯を回したので渋滞に巻き込まれることはなかった。

カイロの街を抜けて空港が近くなった時、車は側道に入って行った。

「あの、空港への道は違いますよね？」

小栗が、窓外を見て言った。

やがてフェンスの向こうに滑走路が見えて来たが、並んでいるのは戦闘機だった。

「空軍基地……」

車はゲートを通って並ぶ戦闘機の前を通り過ぎ、一台のヘリコプターの前に停まった。ヘリは、轟音《ごうおん》をあげてローターを回していた。

「乗り換えだよ」

エルシャリフが降りたので、美羽と小栗も続いた。ローターが巻き起こす風のなか、腰を屈めてヘリに乗り込む。ヘリは横長シートの輸送用だったので、美羽は安心した。映画で見たような、物々しいロケットランチャーや機関銃が装備されていなかったからだ。

「すぐに飛びます」

ヘルメット姿の空軍スタッフが三人の安全ベルトを掛け、騒音を避けるインカムを装着して行く。彼は扉を閉めると、コックピットへ合図をした。ローターが急回転して爆音を鳴らしたかと思うと、機体がふわりと浮かび上がった。

ヘリはカイロの上空を飛び、ギザのピラミッド群、サッカラの階段ピラミッド、ダハシュール、メイドゥム、ハワラと、ピラミッドの上空を飛んだ。美羽も小栗も、空から見るピラミッドは初めてだった。

「改めてピラミッドの巨大さを感じます。古代人は空からの目線も想定したんでしょうか？」

インカムから、小栗の声が聞こえた。

「今我々は神の目線で見ているということになるね」

エルシャリフが片眉を上げて言った。

アマルナの上空を飛んだが、建造物は礎石だけなので砂漠に霞んで見えた。やがてナイルの蛇行が見えてルクソールが近づいて来ると、ナイル川沿いに巨大神殿が現れた。神殿を繋ぐスフィンクス参道は、どこまでも続く道に見えた。

ヘリはナイル川西岸へ向かい、王家の谷へと近づいていった。砂漠の山間《やまあい》に沈む王家の谷へと機体を下ろして行き、ゲート近くの砂漠へと着陸した。

ヘリを降りると、バンが待機していた。三人はバンに乗り、王家の谷へと入って行った。

まだ午後の時間帯で、王家の谷には多くの観光客が歩いていた。バンがツタンカーメン王墓近くで停まり、三人は降りていった。

ツタンカーメン王墓の鉄の門は閉じられていて、〝closed〟と、閉鎖の看板が出ていた。予告がない墓の閉鎖に、訪れた観光客が落胆の声を上げて去って行った。

エルシャリフの姿を見たスタッフが、解錠して扉を開く。エルシャリフの後に続いて美羽と小栗も王墓内へと足を踏み入れていった。

王墓内には、ガラベイヤ姿の作業員が待機していた。現地の作業員だろう。

「さて、ミス・クサカ。どこを捜せば良いのかな？」

ツタンカーメン王墓に部屋は四つ。前室、埋葬室、宝庫、付属室がある。

埋葬室の壁の向こうに、未知の空間が隠されているという仮説を元に電磁波探査が行われたことがあったが、結果は空振りに終わっている。

美羽は奥の宝庫を見て、北面の壁を見た。ツタンカーメン王が神々に祝福されている場面だ。

——あの時、運び込まれていたのは、すべて奥の宝庫へ納められていた遺物だった。その後、アイとホルエムヘブが現れて石棺が運び込まれ、アイは心臓のカノポスを墓のなかへ運んでいった。だとすれば、ミイラが納められる以前ということになる。

美羽の目の前には、黄金の棺が納められた石棺が置かれている。三千三百年前に運び込まれた石棺——

「博士、この石棺の下を調査したことはありますか？」

「石棺の下？　いや、そんな記録はないと思うが……」

「まさか、ここですか？」

小栗が、床を指差して言った。

エルシャリフは、ピイと口笛を鳴らして作業員を埋葬室へと呼び込んだ。傷を付けないように、慎重にこの石棺をずらすように指示が飛ぶ。

作業員たちは、すぐに行動した。鉄骨が王墓内に運び込まれ、石棺の脇に足場が組まれていった。足場の両端に滑車がかけられ、石棺に納められている黄金の棺にロープを渡し、滑車を使って持ち上げて固定した。

そして、石棺を取り囲んで動かし始めた。少しずつ、ゆっくりと。

美羽と小栗、エルシャリフが固唾《かたず》を呑んで見つめる。美羽は汗を拭《ぬぐ》った。

石棺がずれて行き、隠れていた床が見えてきた。

そこにあったのは――

「何も、ない……」

小栗が愕然として言った。石棺の下には、石灰岩の床があるだけだった。埃《ほこり》を被っていない部分が、白い長方形を形作っていた。

「何もなかった……やっぱり、あのビジョンは夢だった……」

美羽は息をついて、座り込んだ。

夢……と、小栗も呟いた。

エルシャリフは、石棺が退けられた床を見つめている。しゃがみ込むと、指先で床を擦って見た。

「石棺をひっくり返してくれ。裏が見たい」

「石棺の裏を……」

美羽が呟く。

作業員は床に板を並べ、その上に毛布を敷いた。そして、石棺が倒されていった。ゆっくりと、石棺の裏が現れた。

そこには、三十センチ四方ほどの大きさに、白く、四角く漆喰《しっくい》が塗られていた。

エルシャリフは万能ナイフを取り出すと、静かに漆喰を削っていった。削り終わると、隙間に刃を差し込み、何かを取り出した。木箱だった。

「ミス・クサカ。開けて良いかな？」

美羽は頷いた。

「お願いします……」

エルシャリフが、木箱の上部に刃を差し込むと、上部の蓋《ふた》が開いた。箱を床に置いて、両手を入れて取り出したのは……。

黄金のカノポスだった。ヒエログリフが書かれ、再生のシンボル、スカラベが刻まれたシンプルな四角い箱だった。おそらくアラバスターの器が納められ、なかに心臓が入れられているのだろう。

「ネヴケペルウラー……」

エルシャリフは、カノポスに刻まれたカルトゥーシュを読んだ。

「あった……ツタンカーメンの心臓だ……」

美羽が震える声で言った。

エルシャリフが作業員にカノポスを渡すと、作業員から歓声と拍手が沸き上がった。

「日下先生、やりましたね！」

小栗が、思わず美羽に抱きついた。

「ミス・クサカ。おめでとう。君の努力のおかげだ」

エルシャリフがハグを求めてきたので、美羽は応えた。

「ありがとう、ありがとうございます」

美羽の顔は、泣き笑いだった。

「博士、どうして棺に隠されていると分かったんですか？」

小栗が訊《き》いた。

「床にも漆喰の痕が残されていた。石棺に納められていたミイラの心臓の場所ではないか、そう思ったのだよ」

小栗は、頷くばかりだった。


王墓を出ると、外は日が落ちて真っ暗だった。夜風が美羽の頬を撫でる。狭い王墓を出た後では、一層気持ちがよかった。

作業員に指示を出していたエルシャリフが、美羽と小栗の側に来た。

「これで一段落だ。二人ともご苦労だったね」

「あのカノポスは、どうなりますか？」

「もちろん私が預かることになる。きちんと調査をして、しかるべき時に発表することになるだろう。資料を作成したら、日本に送ろう」

「そうですか、分かりました」

「君たちはホテルで休み給え。ウィンター・パレスに部屋を取っておいた。一緒の部屋だ。ロイヤル・スウィートだよ」

小栗が、ええっと目を剝いて大声を出した。美羽は、腕を組んで首を傾げる。

「ジョークだ。シングル・ルームを二つ。ミス・クサカの許可もなしに、そんなことはできないよ」

エルシャリフは笑った。小栗は、情けない顔をしている。美羽も笑った。久しぶりに笑ったような気がした。


美羽が目を開けた。凝った調度品が並ぶ、古いヴィクトリア調の広い部屋だった。

ベッドサイドの時計を見ると、朝の五時を過ぎたばかりだった。

バスルームへ行って、胸元を見た。アンクの痣は、赤く腫れたままだ。

ツタンカーメンの失われた心臓を捜し、とうとう発見することができた。復活の儀式は、これで執り行うことはできない……蘭子はこれからどうするのだろうか……?

朝食が始まる六時を待ってカフェテリアへ行き、コーヒーを飲んだ。タブレットでツタンカーメンのパピルスを表示させる。

千年の時を超え、アテンは甦る。

訪れたるアテン。大勢であり唯一である。

五芒星のなかのピラミッド。王へ聖なる心臓を捧げよ。
王は復活し、アケトアテンを再興する。
恐れよ、ヘルモポリスの封印が解かれた時、
オグドアドが再び破壊をもたらすだろう。

コーヒーカップを持った小栗がやって来て、美羽の前に座った。眠そうな顔だ。

「おはようございます……」

「おはよう、早いのね。眠れた？」

「それが、なんか眠れなかったんですよ」

小栗は、伸びをした。

「どうしたんですか？　何か気になることでもあるんですか？」

「『ヘルモポリスの封印』って、解明してないよね」

「そうですね。だけどツタンカーメンの心臓がなければ、復活の儀式は行なえないわけですから……」

小栗は、コーヒーに口を付ける。

「小栗くん、行きたい場所があるんだけど」

「どこですか？」

「アシュムネインよ」

「アシュムネイン……ヘルモポリスですね」

「古代のビジョンのなかで、アテンの世界への入り口を見たの。それは石板だった。もしかしたら、あれはヘルモポリス・ブロックだったんじゃないかって思う。だからバラバラにして、ヘルモポリスへ埋めたんじゃないかな」

「ヘルモポリスの封印は、ヘルモポリス・ブロックのこと……ですか？」

「それを確かめたいの」

小栗の眠気は、すっかり覚めたようだ。

「行ってみましょう。ヘルモポリスへ」


東岸にある現地の考古省へ行くと、昨日のエジプト人スタッフの一人がいた。車をチャーターできないか頼むと、運転手付きで手配してくれた。四輪駆動車ではないが、砂漠を行くわけではないので問題はない。

ルクソールからヘルモポリスへ。ハイウェイを半日がかりの移動だ。アマルナを通り過ぎて、昼前にはヘルモポリスへ到着した。

二人は、考古省の事務所を訪ねると、スタッフの姿はなかった。エジプトはイスラムの国だ。近くのモスクへ礼拝に行ったのかもしれない。

「ヘルモポリス・ブロックの場所は分かります」

小栗は、発掘の際にテレビクルーと一緒にここを訪ねている。事務所の裏にある倉庫へと向かい、重い扉を開いた。

二人は、戸口で愕然とした。

倉庫には、何もなかった。あの夥しい数のブロックが、ひとつもないのだ。

「どうして……いったい何があったの？」

再び事務所を訪ねると、紅茶を飲んで寛いでいるスタッフがいた。急に日本人が訪ねてきたので、驚いた様子だった。美羽は、ヘルモポリス・ブロックの在処を訊いた。

「日本へ運ばれたよ。展覧会が開催されるんだろう？　こんなマイナーな遺物で展覧会なんて、日本はエジプト贔屓《びいき》なんだなって、みんなで話してたんだ」

「日本で展覧会……」

美羽も小栗も、啞然としてしまった。

「展覧会の申請を出したのは、企業なの？　それとも大学？」

「ちょっと待ってな」

スタッフは、机から資料を挟んだバインダーを引っ張り出した。

「セイトウ大学となっているがね」

「そんな、大学の誰が……」と、小栗。

「申請したのは誰？」

スタッフがバインダーの資料を捲って行く。

「ドクター・キリュウ」

「桐生が？」

「どういうことですか……」

スタッフは、二人の様子に肩を竦める。

「書類は正式に日本のセイトウ大学から考古省に申請されたものだ。不備はないよ」

美羽と小栗は、倉庫を出て車へ向かった。

「桐生先生は、ツタンカーメン復活の儀式を行うつもりなんでしょうか?」

「あり得ない。ヘルモポリス・ブロックがどう使われるかも分からないのに、日本に運んで何ができるの? ツタンカーメンの心臓も、ミイラもエジプトにあるのに」

小栗が立ち止まる。

「本当にミイラはエジプトにありますよね?」

「昨日の調査の時には、ケースに納められて王墓のなかにあった」

「見ましたか? ぼくは覚えていません。調査のことで頭がいっぱいだった」

「まさか……」

美羽は首を振った。

「日下先生、王家の谷へ行ってみましょう。ツタンカーメンのミイラを確認しましょう」

二人は、車へ乗り込んだ。


ルクソールに戻って王家の谷へ到着すると、入り口のゲートは閉じられていた。夕方の五時を回っていて、観覧時間を過ぎていたのだ。二人は考古省事務所に立ち寄り、昨日エルシャリフの手足となって働いていたエジプト人スタッフを捕まえた。

「昨日の調査で、ひとつだけ確認したいことがあるの」

「日本人は本当に研究熱心ですね。時間はかかりますか?」

「直ぐに終わるわ」

美羽が言うと、スタッフはゲートを開けてくれた。

二人は、谷を急いだ。移動用のカートが止まっていたので、ゲートから一キロの距離を歩くしかなかった。

ツタンカーメン王墓に辿り着くと、ガラベイヤ姿の門番が待っていた。事務所から連絡があったのだ。門番は、王墓の鍵《かぎ》を開けてくれた。

美羽と小栗が王墓内へと入って行く。階段を下りて前室へと辿り着いた。

前室の左手、そこにアクリルケースが置かれていた。二人は、ケースを覗き込んだ。

ケースには、ツタンカーメンのミイラが納められていた。

「ミイラだ、ここにいた……」

小栗は息をついた。

「先生、安心ですね」

美羽は、じっとミイラを見つめている。黒く炭化した肌、落ちくぼんだ目のツタンカーメンのミイラを……。

「どうして、サーモスタットが動いていないの？」

このケースは、温湿度管理されているはずだ。だが、ケース内の湿度を示すメーターは八十パーセントを示していた。

階段を下りてくる音が聞こえて、エジプト人スタッフが墓内に現れた。

「墓はもう閉めますよ。今日の仕事は終わりということでよろしいですね？　ミス、ミスター？」

「このケースを開けて」

美羽が言うと、スタッフたちは両手を広げて見せた。

「それはできません。ミイラが外気に触れるのは、管理上問題がありますからね」

「もう分かっている。このケースを開けて！」

美羽が強く言うと、スタッフは溜息をついてオーケイと言った。ケースの上部を持ち上げて脇に置いた。

ツタンカーメンのミイラが外気に触れた。体の部分は布に包まれている。

「先生、どうするつもりですか？」

小栗が心配そうに言った。

美羽は、ミイラの体を包んである布を剝がした。ミイラの体が露わになる。だが、そこに体はなかった。マネキンの体が置かれていたのだ。

「このミイラは、偽物……！」

「ミイラの頭部は、精巧にできたレプリカよ。そうですよね？」

「そう、これはレプリカです」

スタッフが言った。

「ツタンカーメンのミイラは、何処にあるの？」

「日本に運ばれましたよ。展覧会があるということで」

「そんなはずはない。エルシャリフ博士が許可を出すはずがない」

美羽の言葉に、スタッフたちは顔を見合わせる。

「これは、博士の指示なんです。昨日、わたしたちはそう言われて作業したんですよ」

「昨日……もしかして……」

「ええ、ツヽタヽンヽカヽーヽメヽンヽのヽ心ヽ臓ヽもヽ日ヽ本ヽへヽ運ヽばヽれヽまヽしヽたヽ」

美羽は、衝撃を受けて言葉を失った。小栗も愕然としている。

そうだったのか……蘭子とエルシャリフ博士は、初めからツタンカーメンのパピルスの情報を共有していたのだ。そして、聖東大学へ発掘権を移動した……。

〝案内人〟として、わたしを参加させるために。

なんてことだ、わたしは用意してしまった。ツタンカーメンの心臓を！

「日下先生、エルシャリフ博士はキャップストーンのメンバーだったということですか……？」

美羽は頷いた。

「ツタンカーメン復活の儀式が行われるのは、日本のキャップストーンよ！」

第四章

破壊の日

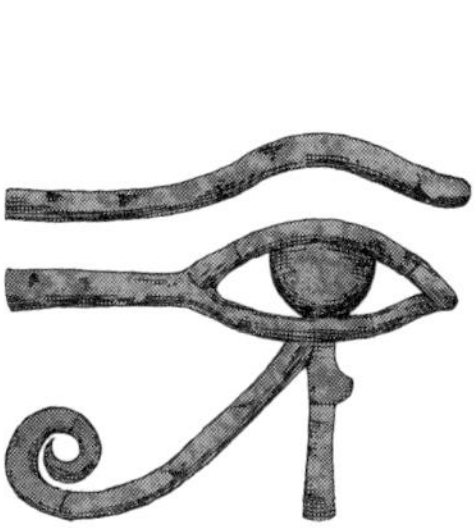

1

東京駅は、抜けるような青空の下に佇《たたず》んでいた。ポストカードのような風景を見ながら、確か昔の有名な建築家が設計した建物だったな、と堂本は思った。

桐生蘭子からある人物を迎えに行くように言われ、八重洲《やえす》中央口へとやって来た。気が進まなかったが、逆らえない凄《すご》みがあった。なにせ、あの女は……。

やがて、中央口へ制服姿の少女が現れた。あの子か、と思って堂本は近づいていった。

「一花さん？」

声を掛けると、少女は「はい」としっかり返事をした。

頭の良さそうな綺麗な子だ、アイドルになったらそこそこ売れるんじゃないか、と思った。

「迎えに来たよ」

一花と連れ立って八重洲パーキングへと入って行き、黒いジャガーのドアノブを引いた。キャップストーンが所有している最新タイプだった。「乗って」と促すと、一花は迷いもせずに後部座席へ体を滑らせた。

車をスタートさせると、加速したのを感じないくらいスムーズに走った。高級車であることを実感する。駐車場を出ると、皇居《こうきょ》沿いに車を走らせた。

「蘭子さんからパパに何が起きたのか、すべてを教えるって連絡がありました。本当ですか？」

バックミラー越しに一花が乗り出してくるのが見えた。

「ああ、間違いないよ。ただなあ……世の中には、知らなくてもいいってことがあるんじゃないか？」

「パパもそう言ってました。古代の謎は、謎のままの方がいいって」

「だから、その、引き返してもいいんだよ」

「どうしてですか？」

「君の身を案じてるんだよ」

「危ないんですか？」

「うん、まあ、おじさんにも分からないけどね」

「変な人ですね。迎えに来たくせに引き返した方がいいなんて。大丈夫です。なんとかなります」

なんとかね……俺もそう願いたいよ。

やがて堂本の目の前に、キャップストーンのピラミッド・タワーが見えてきた。ビルの頂上にはピラミッドがあり、上空には太陽が輝いていた。

ピラミッド・タワーの最上階にあるフロアにはヘルモポリス・ブロックが運び込まれていた。蘭子は、ブロックに刻まれたアテン神の断片を繋《つな》ぎ合わせ、パズルのように一つの大きなレリーフを完成させた。

それは巨大なアテン神が中心で輝き、アテンの下で人々がひれ伏す姿が描かれているものだった——いや、ひれ伏しているのは古代エジプトの神々、半獣の姿をした神々だった。

フロアには車椅子の老人たちがいて、オグドアドのカノポスとネフェルティティの生首の他に棺があった。脇には、布がかけられたストレッチャーが置いてあった。

「いよいよ、だ。この日を、待ちわびて、いた」

車椅子に座った土橋老人が、ヒーヒーと喉《のど》を鳴らしながら言った。

ドアが開いて、堂本と一花が入ってきた。一花は蘭子の姿を見て、驚いた顔をして立ち尽くした。

「……蘭子さん？　その姿は……」

蘭子は、ようこそ、と言うように両手を広げて見せた。

「あなたのお父様は、素晴らしい研究者だった。あなたの話も聞かされたわ。賢い、少し気の強い娘の話をね。その時に思ったものよ。わたしの息子とたぶん、友達になれただろうって」

堂本は、部屋の隅に行き、三脚に据えられたビデオカメラのスイッチを入れた。その指は震えていた。

ポケットを探って、黒いスイッチを取り出した。それは、天井のピラミッドの屋根を全開にするリモコンスイッチだった。儀式のなかで、このスイッチを押すように蘭子に指示されていた。さあて、どうなることやら……と、呟《つぶや》いた。

一花は、蘭子を見据える。

「どうしてパパを殺したの？」

「教えてあげる。お父さまはアテン神が甦《よみがえ》ると、それに対抗してオグドアドが破壊の神を連れてくると分かっていた。三千三百年前にアケトアテンを破壊したように、現代に破壊をもたらすと。だから調査を中止しようとした。でも、わたしはアテンを甦らせなければならない。家族の復活のために」

「家族の復活？」

「〝あれ〟を、手に入れるのだ」

土橋老人が言った。

「〝永遠の命〟だ」

「わたしが必要なのは、オグドアドの神のひとつ、永遠を司《つかさど》るフフとハウヘトの生き血。それを手に入れることができれば、〝永遠の命〟が手に入る」

蘭子は棺に歩み寄って蓋《ふた》を開けた。道也と悠のミイラが納められていた。

一花は、うっと呻《うめ》いて口を押さえた。

「問題は、教授がそのことを理解してくれなかったことよ。あの日教授は、新たな調査について考えると言って、王家の谷の崖《がけ》から谷を見下ろしていた。その時にわたしは、オグドアドの可能性について話した。もしもツタンカーメンのパピルスに書かれていた儀式を執り行い、永遠の神に出会うことができれば、わたしの家族が甦るかもしれない、って。教授は、こう言ったのよ。〝神々の領域〟に踏み行ってはいけない。それは破滅を意味するとね。わたしのことを傲慢《ごうまん》な研究者と言ったわ」

「だから殺したの？」

「実際に手を下したのは、キャップストーンが手配した誰かよ。わたしは崖から落ちてゆく教授を見ていただけ」

「ひどい……」

蘭子は、一花の目の前に顔を近づけて睨《にら》み付けた。

「家族を取り戻す可能性を踏みにじる教授の方が酷《ひど》いでしょう！」

蘭子は声を荒らげた。

一花は、何度も否定するように首を振っている。

「わたしも古代神アテンが、カノポスに潜んでいるとは思わなかった。もっと考古学的な儀式を考えていたの」

蘭子は、指でこめかみをつついた。

「だけど、ここにいるアテン神と話が合ったのよ。このアテンはツタンカーメンの復活を望んでいた。黄金の少年王の復活、そして〝永遠の命〟が手に入る。素晴らしいプランでしょう？　神々の領域とは素晴らしいものよ。どんな可能性でも秘めている……」

蘭子の頭の触手が動いた。車椅子の老人たちがにたにたと笑っている。

部屋の扉が開いて、ジュラルミンケースが運び込まれてきた。二メートルを超える棺のような箱形だった。

「準備は整ったかね？　ドクター・キリュウ」

そう言って部屋に入ってきたのは、エルシャリフ博士だった。

ケースを運んできたエジプト人スタッフが、解錠してケースを開いた。ケースには黄金の衣装で正装したツタンカーメンのミイラが納められていた。

「こんな粗末な箱で運ばなければならなかったなんて、ツタンカーメン王には大変失礼なことをした。まあ、仕方がない」

蘭子は石板の前に行くと、長い手でブロックを一つずつ運び始めた。

ブロックは、五芒星《ごぼうせい》を描くように星形に並べられた。そして、五芒星のなかに三つのブロックが三角形に置かれた。その配置は、ツタンカーメンのパピルスに裏書きされていた図形と同じ形だった。

「ミイラを五芒星のなかへ」

スタッフは、ケースからミイラを取り出して、ちょうどミイラの頭部が三角形の位置に来るように置かれた。

堂本やキャップストーンの老人たちが、その作業を見つめている。

「さあ、始めたまえ」

エルシャリフが言った。

蘭子は、カノポスを封印していた神々の彫像を運び始めた。

「教授の最大の功績は、儀式の方法を繙《ひもと》いたことにある。この図形がカノポスの神々と連動しているとね」

五つのブロックに混沌《こんとん》の神ヌン、ナウネト、原初の神のひとつアマウネト、闇の神クク、カウケトの彫像が置かれた。

「五芒星はこの世界を表している。三角形はピラミッド。古代には〝メル〟といって、登るという意味……この世界に登る……」

三角形には永遠の神フフ、ハウヘト。頂点にはもうひとつの原初の神アメンの彫像が置かれた。

「オグドアド八神を支配するのが、トート神」

蘭子は、ミイラの胸の上にトート神の彫像を置いた。九つの神々がミイラを取り囲む図形が完成した。

エルシャリフは、ケースから心臓のカノポス容器を取り出した。

「ミス・クサカは、実に誠実だった。古代の神々も、彼女には気を許していたのかもしれない」

「一花さん、こちらへ来て。教授の研究を確かめるべきよ」

一花は、震えて立ち尽くしていた。

「その身で確かめるの。あなたのお父さまが、どれだけ偉大な考古学者だったかを」

蘭子が強く言うと、一花はゆっくりと歩み寄った。

「あれはケースのなかだ」

蘭子がケースから取り出したのは、黄金のホルスの剣だった。

「さあ、手を出して」

一花は、震える手を差し出す。

蘭子は鞘《さや》を取り、鈍く光る刃先を一花の掌《てのひら》に当てた。エルシャリフはその下で、カノポスの蓋を取った。

蘭子は、ほんの少し刃を引いた。

「痛……」

心臓のカノポスのなかへ、一滴、二滴と血が落ちた。

「ありがとう」

一花は、震《ふる》える掌を押さえて離れて行った。

蘭子はツタンカーメンのミイラに刃先を向けて剣を振り上げる。

「甦れ、黄金のツタンカーメン王よ。ファアト・ネヘフ・アンク！」

蘭子はミイラの胸に剣を突き刺し、すぐに剣を抜いた。胸には細い傷口が生まれた。

エルシャリフは、傷に向かってカノポスを傾ける。ツタンカーメンの体に、どろりとタールのような液体が落ちていった。

「黄金の少年王よ。その姿を私に見せてくれ」

エルシャリフが祈るように言った。

人々が見守るなか、ミイラは静かに横たわっていた。

突然、ミイラが口を開け、大きく息を吸った。体が痙攣《けいれん》するように動いて、胸の上に置かれたトートの彫像が転げ落ちた。

一花が悲鳴を上げ、取り囲む老人たちからどよめきが起こった。

ツタンカーメンは、ミイラの姿で体を起こした。目は落ちくぼみ、肌もタールで黒いままで、唇のない歯を剝《む》き出した口で息をした。

ツタンカーメン王の復活だった。

2

「桐生！」

蘭子は、耳慣れた女の声に宙を仰いだ。振り向くと美羽と小栗がいた。蘭子は、懐かしい人物に会ったような表情になった。

「ようこそ。古代神復活の場へ」

美羽と小栗は、甦ったツタンカーメンの姿に愕然《がくぜん》とした。

「ツタンカーメン王……ミイラが甦った……？」

「わたしが用意してしまった……エルシャリフ博士、信じていたのに……」

エルシャリフは、美羽を見据える。

「古代にいったい何があったか。その真実を知ることができるのなら、多少手荒なことも厭《いと》わない。それが研究者ではないかな？　見たまえ、この光景を。これが古代エジプトの魔力だ」

「桐生先生、ぼくはあなたを尊敬していた。それが、どうして。あなたは優秀な研究者だ。古代神に呑《の》み込まれてはいけない」

小栗が悲痛に訴える。

蘭子は頭の触手を蠢《うごめ》かせ、首を傾げる。

「これは新たなる進化なのよ。古き神々の呪縛《じゅばく》から解き放たれた、理想的な形……」

「あなたは桐生なの？　それとも……」

「わたしは二人であり、ひとつよ」

ツタンカーメンは細い黒い体を折り曲げ、苦しそうに息をしている。

そのおぞましい姿に、一花が目を背ける。

「日下さん、これがパパが繙いた古代の真実ですか？」

「あなたのお父さんが止めようとしたことよ」

美羽は、一花を庇《かば》うように前へ出た。一花は、美羽の背中に縋《すが》った。

「復活の儀式はこれからよ」

蘭子はツタンカーメンのミイラの手に、トート神の彫像を握らせた。

「オグドアドの呪縛より、アテンを解く。お前たちの主人は唯一絶対なるアテンなり。この世はアテンのもの」

蘭子が唱えた。

ツタンカーメンは、トート神の彫像を床に叩《たた》き付けた。彫像が割れ、辺りに飛び散った。

そこから光が放たれた。光は星形に置かれたブロックを繋ぐように走り、五芒星を描いた。

そして五芒星のなかにある三角形に裂け目が生まれ、音を立てて広がって行った。

「開く、扉が……」

蘭子が呟いた。

裂け目のなかに宇宙が見え、小さなアテン神が這《は》い出してきた。蠢く巨大なアテンの触手も見えた。

「堂本さん、今よ」

唖然《あぜん》とその光景を見ていた堂本は、びくりとして手にしていたリモコンのスイッチを押した。

鈍いモーター音が響いて、天井のピラミッドが開いていった。外光がスポットライトのように差し込んでくる。ペントハウスの頭上に太陽が輝いた。太陽神ラーの光がフロア全体を照らし出した。

小さなアテン神は、きいと鳴いて次々と裂け目へ逃げ込んで行った。ガラスの扉が開いて行き、突風が吹いた。地上百五十メートルの強風だ。

「さあ、オグドアドよ、来るがいい！」

蘭子が両手を広げて太陽を見上げた。エルシャリフも、美羽も小栗も、誰もが空を見上げた。

だが、太陽は東京の空で輝いているだけだった。

「どうした、古き神々よ。三千年の時を超え、憎むべきアテンがこの世に甦ったのだ。聖都アケトアテンを踏み潰《つぶ》したように、この世に破壊をもたらしてみよ！」

オグドアド、来たれ！　と蘭子は叫んだ。

その時、太陽のまわりに何かが見えた。

黄金に輝く神々——人の姿の〝何か〟が降りて来る。

朱鷺《とき》の頭のトート神を先頭に、蛇の頭の神が四人、蛙の頭の神が四人。太陽から抜け出したように、黄金に輝く九人の神が降りて来るのだ。

「オグドアドの神々……」

天を見上げた美羽が呟いた。

「素晴らしい……」

エルシャリフが感嘆の声を上げ、ペントハウスにいる者、全員が奇跡の光景に震えた。

その光景に釘付《くぎづ》けになっていた堂本は、はっと我に返ってカメラのファインダーを覗《のぞ》いた。

だが、映っているのは輝く太陽だけだった。

「どうなってるんだ……幻なのか？」

空を舞うトート神。そして、ヌン、ナウネト。アメン、アマウネト。クク、カウケト。フフ、ハウヘト。

九人の神々は一直線に並ぶと、見えない綱を引き始めた。みるみるうちに天が暗雲に包まれて突風が吹き、辺りが暗くなっていった。堂本のカメラが飛び、一花が吹き飛ばされそうになって美羽が抱きしめた。

天に何かが現れた。それは渦巻《うずま》く黒雲のなかから、ずるりと姿を現した。

黒い、巨大な四角形だった。ペントハウスの上空に、黒い四角形が浮かんでいるのだ。四角形は回転を始め、その姿が露わになった。

黒いピラミッドだった。

老人たちは、嵐のなかで笑い声を上げた。

「これが、破壊の神か！」

黒いピラミッドは頂点を下に向け、逆さピラミッドになった。まわりを黄金の神々が飛び回っている。

ピラミッドの頂点が輝き始めた。エネルギーをため込むように、光が増していった。

「トートよ。古き神々は死んだ。お前たちはもはや神ではない。ツタンカーメン王によってヘルモポリスの封印は解かれた！」

蘭子が叫んで、トートの彫像の破片を掲げた。

空を飛んでいたトート神は、目を見開いて嘴《くちばし》を開けた。驚いているように見えた。

蘭子は、触手を一斉に広げた。一本の触手がトートの胸を貫くと、トートは床へと落下した。

さらに蘭子は、触手を何本もの槍《やり》としてトートの体を突き刺した。トートは動かなくなり、消えていった。

この姿はネフェルティティ、怪物と化した王妃だ……。美羽は、古代のビジョンを思い出した。

主《あるじ》であるトート神を失ったオグドアド八神は空中で動きを止め、黒いピラミッドの輝きも止まった。

「オグドアド八神の主はアテンなり。永遠の神よ、ここへ来るのだ」

フフとハウヘト神が舞い降りてきた。蛇の頭がフフ神、蛙の頭がハウヘト神だ。纏《まと》っている薄いベールのようなものが、黄金の輝きを放っていることが近くに来て分かった。

ツタンカーメンのミイラは、ホルスの剣を手にしていた。ふらりと立ち上がると、フフ神の首を刎《は》ねた。ごろりと床に転がったフフ神の蛇の頭を持つと、首から滴る深紅の血を飲んだ。

すると、ツタンカーメンの体に血管のような無数の赤い線が走った。

ツタンカーメンは絶叫した。もんどり打って倒れると手足をばたつかせた。黒い皮膚の色が変わってゆく。艶《つや》めいた褐色となり、瑞々《みずみず》しい肌色となった。顔にも皮膚が戻り、唇が、鼻が、耳が甦った。そして、最後に目を開いた。

美しい少年王の顔が甦っていた。少年王が立った。変形していると言われていた足は、正常だった。

ツタンカーメンは、自分の両手を見て蘭子を見た。

「私は何に見える？　ネフェルティティ」

「古代エジプトに君臨する王です」

「そうだ、わたしは王だ」

「偉大なるアクエンアテン王」

美羽たちが、驚愕する。

「ツタンカーメンのミイラは、アクエンアテン王だった……？」

「そうではない。ツタンカーメンのなかには、アクエンアテン王に寄生していたアテン神が隠れていたのだ。だから心臓が抜かれ、その存在は消されたのだ」

エルシャリフが言った。

そうか、ツタンカーメンの体に潜んでいたアテン神の姿を、もう見ていたのだ。ミイラのX線画像で発見した後頭部の瘤《こぶ》のような塊、あれはミイラのなかで眠っていたアテン神だったのだ！

蘭子は、フフ神の首を拾って棺の道也と悠のミイラに血を滴らせた。

「甦って……」

道也と悠は、ぷるぷると体を震わせると、瞬く間に若さ溢《あふ》れる男性と可愛らしい子供に姿を変えた。二人は、夢から覚めたように辺りを見回した。

「ママ？」

「悠、道也さん！」

蘭子は夫と息子を抱きしめ、涙を流した。

老人たちは、「永遠の報酬をよこせ」「急げ、消えてしまう」と、フフ神の首を求めて車椅子を走らせ、椅子から転げてその血を舐めた。

老人たちも若返っていった。土橋は手を見て顔を撫《な》で、立ち上がった。

「奇跡だ……」

声も若者のものだった。若者となった老人たちは、歓喜の声を上げて辺りを歩いた。

「永遠の命は……本当だった……」

堂本がストレッチャーの布を剝《は》ぐと、そこには珠璃の遺体が横たわっていた。消えかかっているフフ神の血をすくって珠璃の唇へと垂らした。干涸《ひか》らびた珠璃の遺体は、元の若い女の姿へと変わった。

「堂本さん……」

珠璃が虚《うつ》ろに目を開けて呟《つぶや》く。

「ああ、珠璃、すまなかったな」

堂本が珠璃を抱きしめる。その時、フフ神の首が消えて行くのを見た。

抱きしめている珠璃の体から死臭がして、体がぐにゃりと曲がった。

「珠璃？」

珠璃の顔を見ると、斑《まだら》に肉が落ちていた。何か言いたそうに口を開けると、そのままどろりと朽ちて行った。

堂本が、叫び声を上げた。

あちらこちらから悲鳴が上がった。若者になった老人たちの皮膚が垂れ、肉が落ちているのだ。彼らは腐った体を引きずって喘《あえ》いだ。

「この復活はまやかしだ！」

土橋が叫ぶ。

「なんてことだ……」

エルシャリフが首を振る。

悠と道也も、蘭子の腕のなかでずるりと腐って行き、骸《むくろ》となった。蘭子は骨となった二人を抱いたまま立ち尽くした。

「人間には永遠などない。ここにいるツタンカーメンは人間じゃない！」

美羽が叫んだ。
ハ、ハ、ハ、ハとツタンカーメンは笑い、床にできた亀裂《きれつ》に向かって手をかざした。
「アテンよ、甦れ。この世界に再び君臨するのだ」

亀裂から夥しい数のアテン神が飛び出してきた。さらに亀裂には、巨大アテンの触手が見えた。

「こんなことが、許されるはずがない」

小栗が床に落ちていたホルスの剣を手にして、ツタンカーメンに向かって行った。

蘭子は触手を伸ばして小栗の剣を落とした。蘭子の触手が広がって行く。

「桐生、あなたはアテン神に利用されたのよ。ネフェルティティの首にいたアテン神に！」

美羽の言葉に、蘭子の触手が止まった。

「あなたのその姿を、見てみるがいいわ」

蘭子は、床に散乱したガラスの破片に映る自分の姿を見た。そこには、無数の触手を頭で蠢かせる怪物の姿があった。

「お前に何が分かる。何が分かるというのだ……！」

小栗が再び剣を手にして、ツタンカーメンに向かおうとする。だが、次の瞬間、うっと呻いて目を見開いた。小栗の腹部を床の裂け目から伸びた巨大アテンの触手が貫いたのだ。

「小栗くん！」

小栗は腹部を見て情けない顔をしたまま、力なくその場に崩れ落ちた。

床の裂け目を押し広げるようにして、ぬるりと巨大アテンが姿を現した。アテンは触手を黒いピラミッドへ向けて伸ばし、空《くう》を飛んで張り付いた。

黒い雲が渦巻くなかに静止した逆さピラミッドの先端で、巨大アテンは触手を蠢かせた。

アテンの群れが、美羽たちを襲おうと近づいて来る。

「アケトアテンを再興する。この世はアテンのものだ！」

ツタンカーメン王が笑った。ツタンカーメンのなかのアクエンアテン王が笑ったのだ。

美羽は一花を抱きしめた。もうどうしようもないのか……。

3

小栗は、闇のなかにいた。

名前を呼ばれたような気がした。

目を開けると、開いた窓のカーテンを風が揺らしていた。差し込んでいる日差しが眩《まぶ》しい。

テーブルに伏せていた顔を上げて、辺りを見回した。図書室だった。小栗が高校生の時に通っていた高校だった。

「怖いの？」

目の前に大樹がいた。

「大樹……」

「諦《あきら》めるの？」

「え……」

大樹は、自分の左目に人差し指を持っていった。小栗が自分の左目に触れると、眼帯を付けていた。

「うん。あれからずっと怖くて。もうやめようかと思うんだ。みんなみんな、やめちゃおうかな」

大樹は、すっと立ち上がって図書室の奥へ行った。小栗はその後を追った。

大樹の姿は見えなくなっていた。並ぶ本棚の間を捜した。

「大樹？」

目の前に扉があった。

こっちこいよ——大樹の声が聞こえた。

「やだよ、怖いよ」

大丈夫だ。お前は最強だ——

小栗はドアを開け、足を踏み入れた。暗い部屋だった。闇が続いていて、先が見えなかった。闇が動いて、何かが近づいてくるのが分かった。やがて闇は巨大な影となり、その姿を現した。

鳥の頭を持つ巨人だった。上半身が羽毛で覆われ、背中に翼を持っていた。

「ホルス神……」

小栗は、目の前に現れたホルス神の姿を見上げた。

ここは、ピラミッドのなかだ。グールの遺跡のなかの黒いピラミッドの部屋だ。そうだ、ぼくはここでホルス神に出会った！

「ホルスの目が欲しくないか？」

脇にいた大樹が言った。

「ホルスの目？」

ホルス神は片手を伸ばすと軽々と小栗を摑《つか》み上げ、指を伸ばして眼帯ごと左目をえぐり取った。小栗は絶叫した。その声はピラミッド内に響いた。

ホルスは自分の左目を取り出し、小栗のそこへ入れた。血だらけの小栗の顔で、黄金の瞳《ひとみ》が輝いた。

「これで最強だ。怖いものなんか何もない」

怖いものなんか何もない……。


「日下さん」

一花が指を差した。

「小栗さんが動いた」

「えっ」

叫び声が聞こえた。小栗が叫んでいた。美羽と一花が目を見張った。

小栗が起き上がった。その片眼は金色に輝いていた。

「我は、ホルスの目を持つ者……」

剣を手にするとツタンカーメンに向かっていった。

「お前は！」

蘭子が叫んだ。

「悪しき王よ、闇に帰れ」

蘭子が触手を伸ばすよりも早く、小栗はツタンカーメンの首を刎ねた。床を転がる首の口から、アテン神が飛び出した。小栗は剣でアテンを突き刺した。アテンは触手を動かすが、すぐに動かなくなって消えていった。

ツタンカーメンの体が元に戻って行き、黒い炭化したミイラへと姿を変えた。

ぎゃああああ！

蘭子が悲痛な声を上げ、ツタンカーメンの首のない体を抱き上げた。首は力なく床に転がっていた。

小栗は、小さなアテン神を次々と突き殺し、五芒星のブロックを破壊していった。もはや人ではない、獣の速さだった。

ピラミッドに張り付いていた巨大アテンが剝がれ、落下してきた。まるで逆回しの映像を見ているように、アテンは裂け目のなかへ引き戻されていった。

五芒星を失った裂け目は、叫び声のような音を立てて閉じていった。巨大アテンは、足掻《あが》くように触手を振り回したが、裂け目は閉じて行き、アテンの世界への扉は完全に塞《ふさ》がれてヘルモポリス・ブロックだけが残された。

アテンの呪縛から解き放たれたオグドアドの神々は、弧を描いて空を飛び、ピラミッドのなかへ消えて行った。

頭上で静止していた破壊の神が、唸りを上げて再び動き始めた。

ピラミッドの先端が光り、瞬いた瞬間、衝撃波が放たれてペントハウスを襲った。辺りは轟《ごう》音《おん》に包まれ、床にひびが入り、壁が崩れた。

「お前を許さない！」

蘭子が小栗に襲いかかった。触手が束になって小栗を襲うと小栗は勢いに圧《お》されたが、剣を構えて蘭子へと向かって行く。蘭子が触手を槍として何度も小栗へと向けるが、小栗はそれを剣で受けた。

「…………！」

蘭子が止まった。小栗を見据える。小栗の片目は眠っているように無表情だが、ホルスの目だけがぎらぎらと蘭子を睨《にら》んでいた。

蘭子は、爆発するように触手を広げた。小栗は触手を避ける。その時、ピラミッドの先端から再び衝撃波が放たれ、天井の鉄骨が破壊されて瓦礫《がれき》と共に小栗の頭上へと落ちていった。小栗は、鉄骨と瓦礫に押し潰《つぶ》されるように埋もれてしまった。

美羽は思わず駆け寄ろうとするが、背後から一花が抱き留めた。

破壊の神は、ピラミッドの先端をゆっくり光らせている。再び衝撃波を放つためのエネルギーをためているように見えた。

蘭子は触手を蠢かせて立ち竦んでいた。それは怪物の姿だったが、涙を流していた。

「この世など、消えてなくなるがいい……破壊の神に滅ぼされるがいい……アケトアテンのように……」

蘭子は、道也と悠の亡骸《なきがら》を両手に抱えると、触手でピラミッドへ飛び上がり、表面を蜘蛛《くも》のように移動してなかに消えた。

堂本が美羽の元へ駆け寄ってきた。

「先生、今のうちだ。ここを出よう」

美羽は、ふとエルシャリフの姿がないことに気づいた。

立ち去ったのか……！

美羽は一花を連れ立ってエレベーターへ向かうが、エレベーターへ向かう通路は、瓦礫に埋もれていた。

「こっちだ。非常階段がある」

堂本が行く後を美羽と一花が追う。ホールの反対側にある非常階段の扉を堂本が開け、美羽と一花が通路へ入ろうとした時、ピラミッドの先端から再び衝撃波が放たれた。

激しい轟音が襲い、目の前の壁が揺れてこちらに倒れてきた。

「危ない！」

一花を押し出して庇《かば》った堂本の上に壁が落ちた。一花が悲鳴を上げた。

突然、咆哮《ほうこう》が聞こえた。甲高《かん》い、鳥が鳴いているような声だった。

美羽と一花が、はっとして見回すと、鉄骨と瓦礫が持ち上がって小栗が這い出して来るのが見えた。

「小栗くん……！」

小栗は、何度も叫び声を上げてもがき始めた。頭部が隼《はやぶさ》の頭に変わり、体が巨大化していった。服がちぎれ、上半身が鳥の羽毛に覆われた翼を持つ獣神に変身した。

ホルス神だった。

ホルスは天に向かって鳴いた。巨大な翼を羽ばたかせ、飛び上がった。勢いよく上昇して行くと、黒い逆さピラミッドの周りを旋回して渦巻く雲のなかに消えていった。

美羽と一花は、ホルスが消えた空を呆然《ぼうぜん》と見上げるばかりだった。


ホルス神に変身した小栗は、ピラミッドのなかを飛んでいた。

内部には部屋というものはなく、中心に据えられたピラミッドから無数の四角い回廊のような棒が伸びて壁に繫がっていた。中心のピラミッドは乳白色で、巨大な四角錐《すい》の容器に液体が入れられているようだった。そのなかに〝何か〟の影が見えた。

奥で何かが光っているのが見えた。アテンの触手に捕らえられたハウヘト神だった。

蘭子は、ハウヘトの腕へ触手を突き刺し、流れ出る血を夫と子の亡骸に塗った。

「甦って、お願い……」

二人の亡骸は一瞬だけ生きる姿を見せたが、すぐに朽ち果ててどろりと溶け、その手から流れ落ちた。

蘭子は絶望し、絶叫した。ハウヘト神を捕らえていた触手が緩み、ハウヘト神は飛んで中心にあるピラミッドの向こうに消えた。

「アテンよ、もはやお前だけだ」

その様を見ていたホルスが言った。

蘭子は、ホルスへ触手の槍を向けた。ホルスは剣で受けた。次々と触手を伸ばすが、ホルスは受け続けた。俊敏に蘭子へ飛びかかり、剣で蘭子の胸を突き、手足を切った。蘭子は血を吐き、回廊にぶつかりながら落ちていった。

ホルスは後を追った。蘭子が落ちた場所は、回廊が複雑に絡み合った迷路のような場所だった。ホルスは蘭子の姿を見失った。蘭子の血が落ちている場所に下りると、じっと佇んだ。

突然、背後から蘭子が襲いかかってきた。蘭子は頭と触手だけの生き物のようになり、ホルスに触手を向けてきた。ホルスは剣で触手を切るが、蘭子はホルスの体に噛《か》みついた。ホルスは転がって首を払いのけた。もはや怪物同士の戦いだった。

触手がホルスの体を縛り上げると、剣が触手を削いだ。さらに触手はホルスを突こうとする。ホルスは受けるが蘭子の激しい攻撃に押され、劣勢になった。触手がホルスの体を何度も突き刺した。

ホルスは唸《うな》り、羽を広げて飛び上がると、中心にあるピラミッドを背にした。蘭子は悲鳴を上げながら凄《すさ》まじい勢いで這い上がり、ホルスの喉笛《のどぶえ》に噛みつき、槍となった触手でホルスの目に狙いを定めた……！

その時、爆音のような叫び声が響いた。ピラミッドの液体のなかで〝何か〟が激しく動き、繭を破るように〝何か〟がピラミッドのなかから姿を現した。

それは肉と血管の塊のように見えた。頭に四角い長い耳と鼻があって、辛うじてヒトの体を成していた。大きさはホルスの三倍以上あり、その手を伸ばして蘭子を摑んだ。

蘭子は触手を伸ばして抗《あらが》うが、〝何か〟の力には及ばなかった。

「お前は、何なの？」

〝何か〟の頭の肉の間に、目があった。その目が蘭子を見た。

次の瞬間、蘭子の頭部が割られ、アテンが取り出された。アテンはもがくが、〝何か〟はアテンを握りつぶし、口に入れて咀嚼《そしやく》して吐き出した。アテンはどろどろに溶けた。

ホルスが〝何か〟と対峙《たいじ》する。

「オグドアドは導く神。〝破壊の神〟とは、お前か。古き神々のなかでも最も恐れられるお前が現れるとは」

〝何か〟は何も答えない。

「アテンはこの世界から消えた。ここを去れ。構うな。ヒトがアテンを掘り返した。それだけのことだ」

〝何か〟は、肉の間の目を瞬かせる。

「そうだ。アケトアテンから三千三百年後の世界だ。我々からすれば、ほんの瞬きの間だが」

〝何か〟は、その口から悲鳴のような声を上げた。

「ヒトはやがて滅ぶ。近いうちに、自らの手で」

〝何か〟はじっとしていたが、やがてピラミッドのなかに戻った。

ホルスは翼を羽ばたかせ、飛んだ。


「ピラミッドが動いている」

ペントハウスの瓦礫の上で、一花が空を仰いだ。

美羽が見ると、黒いピラミッドは先端を回転させて四角い底を見せた。轟音と共に上昇して行き、雲のなかに消えた。

「破壊の神が、帰って行く……」

黒雲の間から光が差し始め、やがて青空が見えてきた。太陽が顔を出した。

美羽と一花は、瓦礫をどけて堂本を助け出した。

「大丈夫？」

「なんとかな……」

堂本は、埃《ほこり》だらけの額から血を流しながら言った。

空からホルス神が舞い降りてきた。美羽は、ホルス神となった小栗と向かい合った。

「あなたは……」

黄金の目が美羽を見つめる。

「カーラか」

そう一言呟いた瞬間、小栗のなかのホルスが消え去った。小栗は元の姿に戻り、その場に倒れこんだ。瓦礫の上にホルスの剣が転がった。

美羽は、小栗を抱き起こした。

「生きてるのかい？」

堂本が言った。

小栗は、うう、と唸った。

「大丈夫、大丈夫よ……」

美羽は、瓦礫と化したペントハウスに目をやった。

車椅子が投げ出され、キャップストーンの老人たちが倒れていた。口を開け、死んでいるようだった。

オグドアドのカノポスの側には、ツタンカーメンのミイラが横たわっていた。

切断された頭部はネフェルティティの首のすぐ隣にあって、まるで寄り添っているように見えた。

4

広大な砂漠が広がり、階段ピラミッドが遠く霞《かす》んでいる。

地平線の彼方《かなた》から、一台の四輪駆動車が現れた。

運転しているのはエジプト人で、後部座席には美羽が乗っていた。窓外に流れる砂漠の風景を眺めている。

あの復活の儀式が行われた日から、三ヶ月が過ぎようとしていた。

事件の翌日、テレビに映し出されたピラミッド・タワーは印象的だった。ビルの上層階が破壊され、煙を上げているのだ。それは異常気象が発生させた竜巻と落雷による事故として報道された。死傷者のなかに財界、政界を引退した名だたる人物の名前があり、一時大きく取り上げられた。

ピラミッド・タワーのペントハウスは伏魔殿と呼ばれ、日本経済を牛耳る影の大物たちが出入りする場所だった。その実態は明らかにされなかったが、キャップストーンという財団が関わっていた。キャップストーンは世界中にメンバーがいる巨大な財団で、現在の政党の献金スキャンダルや癒着があった企業もキャップストーンに属していたらしい。ピラミッド・タワーの事故が起きた日は、日本の怪物たちが集まる何らかの会合があったのではないか。そして、あの不幸な事故が起きてしまった。財界の力関係は入れ替わるだろうが、キャップストーンのブラックボックスは未だ不透明だ……。

報道番組でキャップストーンを解説するのはフリーライターで、ジミー広瀬という名前だった。だが、そんな報道もいつの間にか収束していった。

ペントハウスで発見されたツタンカーメンのミイラを始めとする古代エジプトの遺物は、文部科学省を通してエジプトへ返還された。搬送先は、新しくギザに建設された博物館だった。すべてが、キャップストーン内で処理されたのだろう。

エルシャリフは考古省最高顧問という立場から、エジプト考古大臣に就任した。政治的な立場も得て、さらにエジプト考古学会での権力を手に入れたことになる。

古代エジプトの真実を知ることができるのなら多少手荒なことも厭わない、そう語っていたエルシャリフは、また新たなプロジェクトを立ち上げるのかもしれない。

車は砂漠道路から緑地帯へ入って行き、やがてサッカラの考古省オフィスへと到着した。美羽はオフィスへ行き、ある書類を監督官に見せた。

「ほう、珍しいものを見たいんだね。オーケイ」

監督官は、考古省のスタンプを書類に押した。それはアテン神をモチーフにしていた。

美羽を乗せた車はサッカラの遺跡エリアを移動して、砂漠に建てられた小さな倉庫の前で停まった。

スタッフが倉庫の鍵《かぎ》を開け、扉を開いた。倉庫内には二段ベッドのように棚が並んでいて、ミイラが納められていた。博物館に展示されない、考古学的にはあまり注目されないミイラたちだ。スタッフは記録が書かれたノートを見ながら奥へ行き、あるミイラの前で立ち止まった。

「このミイラだよ。一九八〇年代に聖東大学が発見したものだね。カーラのミイラだ」

美羽は、カーラと対面した。

ミイラは損傷が激しく下半身は失われていたが、顔はきれいなままで編み込んだ髪も残されていた。

美羽は、カーラの胸を見た。

あった……。

カーラの胸には、うっすらとアンクの形があった。カーラと自分はアンクを通じて繋がっていたのだ。

カーラのなかにいた感覚はまだ残っていたが、あの時の記憶は薄れつつある。ツタンカーメンの素顔は、甦った時に見た少年の顔よりも、黄金仮面の方が今ではリアルに感じてしまう。

ツタンカーメンの後にアイが即位し、ホルエムヘブが王となり、さらに強大なエジプト王国を築いた。ホルエムヘブの後継者ラムセスは、その遺志を継いで古代エジプト最大の繁栄を作り上げた。王は強く、近隣諸国を震え上がらせるファラオとして君臨したのだ。

その礎を築いたのはホルエムヘブであり、ツタンカーメンはそんな王朝の狭間《はざま》を生きた王だった。

美羽は、目を閉じて祈った。三千三百年前に生きた一人の少女への追悼だった。

美羽が倉庫から出てくると、太陽が西の空で赤く輝いていた。

サッカラのスタッフが声を掛けてきた。

「日本人の研究者が来ているよ」

「日本人？」

近くにある貴族墓から男が出てきた。男は美羽の顔を見て驚いた顔になるが、すぐに微笑んだ。

「日下さん、久しぶり」

「鳴海《なるみ》さん」

美羽も微笑んだ。

鳴海諒《りよう》は二年前の事件の際に、エジプトの縦断を手伝ってくれた男だった。当時は、エジプト考古学博物館の学芸員を務めていた。昨年、アメリカ隊と共にグールの谷へ向かうプロジェクトに参加したが、それ以来だった。

「偶然ですね。調べ物ですか？」

美羽は薄く笑って、頷《うなず》いた。

「また、〝何か〟に導かれて？」

二人は砂漠を歩いた。美羽は、カノポスの発見から始まる一連の出来事を話した。こんなことを話せる相手がいたことに、美羽は驚いた。鳴海は、黙って聞いていた。

「あなたは古代と現代を結ぶ〝案内人〟ですから」

鳴海は静かに言った。

そうだ……わたしは小栗を〝案内〟したのだ。ホルス神の元に、導かれるように。

美羽は、砂漠の砂をすくった。砂はさらさらと指の間から落ちていった。

鳴海は沈み行く太陽を見ていた。

「古代神は、なぜ復活したんでしょうね。三千年以上も眠っていた神々が、なぜ……」

「なぜ？」

美羽は、胸に手をあてた。それはアンクの場所だった。

太陽が今、砂漠に沈んだ。


夜の砂漠は、果てしない銀河を大空に描いていた。やがて砂漠に夜明けがやって来ると、星々は消えて砂漠を朱色に染めた。

小栗は停めた四駆から、昇り来る太陽を見つめていた。太陽の近くを一翼の隼が飛んで行った。

車のエンジンを掛け、アクセルを踏んだ。助手席にはホルスの剣があった。

白砂漠を越えて黒砂漠を行き、砂丘を走った。そして、Vの字に切り立つグールの谷へ入っていった。辿《たど》り着いたグールの遺跡は、砂のなかで沈黙していた。

小栗はホルスの剣を持って遺跡へ入っていった。迷路を抜け、黒いピラミッドのなかへ向かった。大回廊を抜け、神々の眠る部屋へと入っていった。棺の神々は静かに眠っていた。

小栗は、アンクの印がある部屋へ入った。ここでホルス神に出会ったのだが、今はただ広い空間があるだけだった。

　ホルス神と融合したとき、神々の戦いが見えた。獣の姿の神々が殺し合って血肉を啜《すす》り、空を飛び、地を這い回る恐ろしい光景だ。やがて神々は滅亡の道を辿り、地球へ降り立って人類と出会った。その出会いは、悍《おぞ》ましいものだった。

　半獣の神々と人類の祖先は交わった。交配したのだ。そうやって人類は知性を手に入れて進化し、ピラミッドを建造するに至った。人類は神々の子孫であり、我々の体を流れる血には、古代の神々の血が流れている——知性と同時に、あの残忍さや凶暴さを受け継いでいるのだ！

　小栗は、今でも自分の体にホルス神の血が流れているような気がしていた。ときおり、ふつふつと左目の奥が熱くなり、遥《はる》か古代に行われたであろう神々の戦いのビジョンが見えるのだ。

　しばらくその場に佇んでいた小栗は、床にホルスの剣を置くと部屋を後にした。神々が眠る部屋を行き、ピラミッドを出ると、遺跡の出口を目指した。

　迷路のなかで立ち止まった。迷路の壁には、一面にヒエログリフと四角錐が幾何学模様のように描かれている。

　ギザのピラミッド建造の秘密が描かれたレリーフだ。

　それは複雑でヒエログリフも単純なものではない。一見しただけでは理解することはできない。

　このグールの遺跡に残されている古代の情報を持ち帰り、研究することができれば、きっと古代エジプトの謎が解明できる。

　だが、学問だけの問題では終わらないだろう。十九世紀に起きたゴールドラッシュのように、世界中からトレジャー・ハンターが訪れることになる。そして、黒いピラミッドで眠る神々を起こすことになる……。

神々はここで眠っているだけではない、どこかに破壊の神が棲《す》む黒いピラミッドもあるのだ。

小栗は首を振って行こうとする。その時、あるものが目に入った。向かい側の壁に、ライオンの身体に人の頭を持つ神の姿を見つけたのだ。

スフィンクスだ。

その壁には、三つのピラミッドが描かれた斜め下にスフィンクスが描かれていた。高低差からギザ台地を表していることは、すぐに理解できた。

「これは……」

そのスフィンクスの真下には、神殿のような建造物が描かれていた。ギザのスフィンクスの地下に、建造物が存在していることを示しているレリーフだった。

もしもギザ台地の地下に何らかの建造物が眠っているのならば、クフ王に関連した神殿、墓である可能性も捨てきれない。

小栗は興奮しながらも、壁に刻まれているヒエログリフを見ていった。ヒエログリフのなかに、王を示すカルトゥーシュがあった。その名を読んで息を呑んだ。

「クレオパトラ七世！」

どういうことなんだ？　クレオパトラの時代は、ギザのピラミッド建造から二千五百年も時を経た時代となる。この図は、クレオパトラがギザ台地の地下に建造した神殿を記したものなのか？

自らをイシス女神と名乗っていたクレオパトラの神殿となれば、おそらくイシス神殿だ。クレオパトラの墓は、未《いま》だ発見されていない。ある仮説では、アレキサンドリアの海中に宮殿と共に沈んでいるというが、クレオパトラのイシス神殿が地下にあるということは、やはり埋葬施設の可能性がある。

これは、クレオパトラの墓なのか……？

あり得ない！

だが、クレオパトラが生きたプトレマイオス朝で、もはや遺跡となっている過去の建造物を修復した痕跡は残されている。クレオパトラが、ギザで何らかの建造物を造営した可能性はあるのだ。

小栗はレリーフを細かく見ていった。地下神殿から上へ延びる通路が描かれているのを見つけた。それはスフィンクスの下半身に繋がっていた。

スフィンクスの下半身……そうだ！

カイロ大学に留学していた頃に、カイロ大の教授に連れられてスフィンクスの尻尾《しっぽ》にある謎の穴を見学したことがあった。

スフィンクスは、修復されて新しいブロックがはめ込まれているのだが、尻尾の部分のブロックを取り除くと幅が一メートルもない狭い穴が出現する。穴は三メートルほど地下に向かって掘られているのだが、その先は埋もれて行き止まりだった。

行き止まりではなかったのだ。スフィンクスの穴は、地下に眠る謎の建造物に繋がっていたのだ。

小栗は、壁のレリーフを目に焼き付けると、グールの遺跡を後にした。

（了）

装画　遠藤拓人
装幀　KADOKAWAデザインルーム

本書は書き下ろしです。

福士俊哉（ふくし　としや）
1959年岩手県盛岡市生まれ。多摩芸術学園映画学科卒。映画の脚本家を経て、早稲田大学古代エジプト調査隊に記録班として参加。以降、エジプト考古省の発掘現場を中心に取材を続け、古代エジプトを題材とした多くのテレビ番組、展覧会などの演出を担当する。初めて執筆した小説「ピラミッドの怪物」で第25回日本ホラー小説大賞〈大賞〉を受賞。同作を改題した単行本『黒いピラミッド』でデビュー。本作は2作目となる。

ツタンカーメンの心臓《しんぞう》

2021年7月30日　初版発行

著者／福士俊哉《ふくしとしや》

発行者／堀内大示

発行／株式会社KADOKAWA
〒102-8177　東京都千代田区富士見2-13-3
電話　0570-002-301(ナビダイヤル)

印刷所／旭印刷株式会社

製本所／本間製本株式会社

ISBN 978-4-04-108820-3　C0093